彩云卷

孩子喜欢的
好故事

编著：姜洁 等
绘画：崔峥嵘 等

快，讲故事啦！

金盾出版社
JIN DUN CHU BAN SHE

内 容 提 要

本书是为广大少年儿童创作的故事书。内容包括生活故事、童话故事、古代故事和外国故事共 50 篇。这些故事告诉孩子们，怎样做一个诚实、守信、勇敢、坚强、好学、谦虚、助人、敬老、机智的好孩子。每篇故事后面都提出一个问题让小读者思考，孩子们在回答后会得到知识的补益。

相信丰富生动的故事情节和精彩的插图会让孩子爱不释手。

图书在版编目(CIP)数据

孩子喜欢的好故事·彩云卷/姜洁等编著．—北京：金盾出版社，2009.8
ISBN 978-7-5082-5791-4

Ⅰ.孩… Ⅱ.姜… Ⅲ.儿童文学—故事—作品集—世界 Ⅳ.I18

中国版本图书馆 CIP 数据核字(2009)第 101369 号

金盾出版社出版、总发行

北京太平路 5 号(地铁万寿路站往南)
邮政编码：100036 电话：68214039 83219215
传真：68276683 网址：www.jdcbs.cn
封面印刷：北京精美彩色印刷有限公司
正文印刷：北京蓝迪彩色印务有限公司
装订：北京蓝迪彩色印务有限公司
各地新华书店经销
开本：787×1092 1/16 印张：15 字数：370 千字
2009 年 8 月第 1 版第 1 次印刷
印数：1～8 000 册 定价：28.00 元
(凡购买金盾出版社的图书，如有缺页、
倒页、脱页者，本社发行部负责调换)

编者的话

故事是孩子成长不可或缺的精神食粮，犹如人成长离不开粮食。

于是，编者为广大少年儿童创编了《孩子喜欢的好故事》丛书，本套丛书共4册，每册都有生活故事、童话故事、古代故事和外国故事，从四个方面为孩子提供了丰富多彩的内容。

本套丛书与其他故事书的不同之处在于每篇故事后面都提出一个问题，这样做，一是对少年儿童阅读进行必要的辅导；二是让孩子在回答了这些问题后得到知识的补益。

还等什么？请深入到这些起伏跌宕的故事中去，与故事中的主人公同呼吸、共命运，同喜同悲吧！相信少年儿童在阅读本套丛书后，会做到开卷有益。

目录

生活故事

圣诞花的霞光 …………………………………… 2

第一天当报童 …………………………………… 6

瀚瀚和他的"臭爸爸" ………………………… 10

莽原的黎明 ……………………………………… 14

猴工貌貌 ………………………………………… 17

手机 ……………………………………………… 21

一口小金棺材 …………………………………… 25

谁是纵火犯 ……………………………………… 28

起跑线上的"小菜鸟" ………………………… 32

捉蟹子 …………………………………………… 36

家长学校的特殊学员 …………………………… 40

压岁钱小银行 …………………………………… 44

采访中的忏悔 …………………………………… 48

"野男孩儿"和小狗保罗 ……………………… 52

童话故事

土拨鼠造屋 ……………………………………… 68

两只蝴蝶 ………………………………………… 78

两个国王 ………………………………………… 80

曾倒在拳台上的冠军 …………………………… 84

锯树郎 …………………………………………… 88

啼血太平鸟 ……………………………………… 92

圣女果 …………………………………………… 99

射水鱼的故事 …………………………………… 102

同穴邻居 ………………………………………… 106

老棕熊的多米诺骨牌 …………………………… 110

小白兔巧骗熊瞎子 ……………………………… 115

目录

小河马·狮子·鳄鱼…………………… 118

斗狗士亨利…………………………… 122

鸵鸟的悲剧…………………………… 129

鞋匠爷爷的"大奔"………………… 133

小棕熊和灭火鸟……………………… 141

古城墙上的歪脖树…………………… 144

小野猪打猎人………………………… 149

胖棕熊·刁眼狼·花花肠狐狸……… 155

小绒鸡和小琴鸟……………………… 165

叫天子的故事………………………… 170

沙漠里的金蛋蛋……………………… 174

小白兔和菟丝子……………………… 178

中国古代故事

勇冠三军的霍去病…………………… 184

墨池的故事…………………………… 188

为父吸痛的太子……………………… 191

砸缸救伙伴…………………………… 195

王冕和没骨画法……………………… 199

刘伯温救百姓………………………… 203

小板桥改诗…………………………… 207

商人智退秦兵………………………… 211

"飞将军"李广……………………… 215

外国故事

彦一智斗海盗………………………… 220

布莱梅镇的音乐家…………………… 223

农民与国王…………………………… 227

坚定的锡兵…………………………… 231

HAIZI XIHUAN DE
HAO GUSHI

生活 故事

SHENGHUO GUSHI

圣诞花的霞光

一位耄耋老人病倒在萧瑟的秋天里，她是一位受人尊敬的女博士，也是生物学博士宁柏林的奶奶。

医生说："老人家是积劳成疾……也许，她将活不过秋天……"

女博士的安危牵动着整个家族的心。是啊！女博士的丈夫故去得早，坚强的她不仅让自己成为一位学养颇深的女学者，还把宁柏林和他的爸爸都培养成了博士，他们家被世人称为"博士之家"，三代人取得的成就，哪个人没有老奶奶付出的艰辛呀？

整个家族不分远近，纷纷到病榻前探望老奶奶。宁柏林对奶奶说："您为我们操劳了一生，您还需要点儿什么呢？"这时，奶奶如果提出要天上的月亮，宁柏林也会舍命去给奶奶摘的。

"好孙儿……你那么忙，别总惦记着我，你的工作要紧！"奶奶想了想，然后说，"我……想在圣诞节那一天看到盛开的圣诞花！"

老奶奶从来没有向别人，甚至向家人提出过什么要求，这是女博士这辈子向家人提出的唯一要求。

可宁柏林知道，奶奶的这个要求几乎是无法实现的，他的实验苗圃里的圣诞花苗长得还很小，圣诞花通常要到冬末春初才开花呢！宁柏林听得出，奶奶的话里，不仅有对生的渴望，也包含着对自己的无限信任，他不能拒绝奶奶的请求，于是，毫不含糊地对奶奶说："我一定让您在圣诞节那一天看到圣诞花！"

博士回到自己的实验苗圃，对助手李莎莎说："小姐，从现在开始，一定要想尽办法让圣诞花在圣诞节那一天开放！"

"先生，您这个要求实在是太难了！"李莎莎为难地说，"它的难度恐怕要超过任何科研课题！"

宁博士火了："这就是我们今天面临的最重要的科研课题！延长我奶奶的生命，是我的责任！我爷爷早亡，是祖母含辛茹苦把我爸爸和姑姑们养大的！她是世界上最伟大的祖母。对不起……我太激动了，让我们俩一起来完成这个课题吧！"

为了加速圣诞花的生长，宁柏林博士和李莎莎为圣诞花施用了快速生长剂，圣诞花迅速地长大了。

为了实现圣诞花在圣诞节那天开放，博士和李小姐日日夜夜工作在苗圃里。

冬天来了，北风尖啸着，博士和李小姐一天也没有离开过苗圃。

整个家族都十分关心圣诞花的生长情况，大家常常趴到苗圃的窗户上观看圣诞花的长势，老奶奶的重孙宁可心不

断把看到的情形向床上的老奶奶报告：

"祖奶奶！圣诞花又长了一寸！"

"祖奶奶！圣诞花长花骨朵了！快开花了！"

老奶奶喘着气说："孩子们……别骗我了，圣诞花也叫一品红、猩猩木，属大戟科，原产墨西哥和中美洲……花为鲜红色，变种也有淡红色，极为美丽，它们冬末春初才开花呢。这时候……圣诞花是不会开花的。"

可心焦急地说："祖奶奶，我说的是真的，难道您还不信我爸爸吗？他说，圣诞节那一天，要请您到苗圃去看圣诞花呢！"

"这是……真的？"老奶奶混沌的眼里闪现出异样的目光，那目光饱含着对生活的热爱和依恋。

可心说的是真的，不过，由于过量地使用生长剂，在离圣诞节还有十几天的时候，圣诞花的茎上就绽出了花蕾的尖儿。糟糕！圣诞花提前开放，这也不是老奶奶的意愿呀。宁柏林当即命令助手李莎莎给圣诞花换施抑制生长剂，花蕾的长速这才明显地慢了下来。

圣诞节这一天到了。博士的全家把奄奄一息的老奶奶抬到一辆四

轮车上，大家簇拥着小车，缓缓地来到苗圃里。

温暖的苗圃里响起轻柔的音乐，一朵又一朵花包绽开，竞相开出了鲜红的圣诞花。

宁柏林博士问老奶奶："您看见了吗？圣诞花都为您提前开放了！"

老奶奶的重孙可心拍着手喊道："祖奶奶，您快看哪！整个花房里都是圣诞花！"

老奶奶的视线已经模糊，她看到的是一片红色的霞光。她喃喃地说："看到了……像一片晚霞！"

老奶奶静静地躺在花丛之中，永远地休息了。

她脸上洋溢着知足、安详的神情。

滞留在老奶奶双眸中的是圣诞花的霞光……

请小读者 回答

世界上有圣诞花吗？

答案：

有，圣诞花叫一品红，也叫猩猩木，属大戟科，原产墨西哥和中美洲，花为鲜红色，变种也有淡红色，极为美丽，它们冬末春初时才会开花。

第一天当报童

　　这个暑假，秦枫当了三天报童。这是怎么回事呢？

　　暑假前，班主任布置了一门特殊功课，要大家进行社会实践，到工厂、农村或者商店都行，开学得交一份社会实践报告。同学们都愁坏了，可秦枫不怕，他有位当邮电局长的爸爸。当"小广播"张毛毛问他到哪儿参加社会实践时，他说："我能去哪儿，上我爸他们邮局呗！"那口气像在抱怨，却透着自豪。

　　是啊！到邮局帮叔叔们分拣一下信件，太阳晒不着，雨淋不着，这样的美事上哪儿找去？放假前那天晚上，秦枫跟爸爸一说起这事，爸爸的态度差点把秦枫气得背过气。爸爸头也不抬地说："社会实践？好嘛！每天给你30份晚报，你把它卖掉！"

　　秦枫嗔怪地说："爸！让我当报童？我跟您说正经事呢！这是老师布置的功课！"

　　"我也没跟你开玩笑。要是愿意，就当报童卖报，要是不愿意就'另谋高就'。"

　　秦枫当着同学的面把牛吹出去了，他别无选择，撅着嘴说："那好吧……要是卖不出去怎么办？"

　　"最多不得超过三份，三份以内我给你兜着，三份以外，从你得的压岁钱里扣。盈利部分全归你。"

"哼！老爸比资本家还厉害！"秦枫当报童的事就这样定了。

第一天"上岗"到商场门口卖报，秦枫心里特别扭，要是碰见同学怎么办呢？走了半天老爸的"后门"，最后沦落到街头卖报来了！唉……谁让我"自投罗网"求老爸的呢？

怕啥遇见啥，他刚张嘴吆喝就碰见了张毛毛，毛毛阴阳怪气地问："这不是大局长的儿子吗？怎么当报童啦？啊——我知道了，这叫局长不徇私情，让你深入基层锻炼！"

秦枫反唇相讥："当报童怎么啦？买不买？不买哪儿凉快哪儿待着去！"

"冲你的面子我也得买一份儿呀！这有纪念意义，是从同学手里买来的。"

秦枫卖出的第一份报竟是在张毛毛这里开张的。秦枫知道，只要让"小广播"张毛毛知道了他当报童的事，同学们很快就会知道。他豁出去了，反正公开了，他没什么可顾虑的了。于是，他扯开嗓子喊起来："买晚报啦！看新闻呀！成龙为慈善机构大捐款啦！大富豪家中神秘失窃啦……"

接着，他卖出了第二份，第三份……一个小时后，他

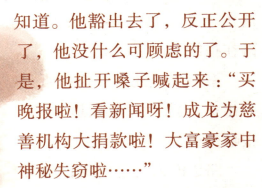

手里还有四五份报。这时，他发现，马路边儿有位阿姨也在卖报，开始，阿姨手里的报比他多，可现在，她已经没剩几份了。秦枫来到阿姨跟前，小声问道："阿姨……您卖得怎么那么快？"

阿姨说："卖报也有窍门儿，买东西的老人你甭问，老人家里差不多都订了晚报，见着年轻的文化人儿，你就多喊两声。"

这时，天黑了下来，眼看就要下雨了。

"您要是卖不完怎么办哪？"秦枫不无担忧地问。

"哪儿能剩下呀？我是下岗的，家里还靠挣的这点钱买菜呢！"阿姨手里最后一份报纸也出手了……

秦枫听了，小脸严肃起来，他想，阿姨好不容易呀！我当报童还有老爸兜底呢，可谁给阿姨兜底呀？秦枫明白了老爸的用意，爸爸是在让他体味挣钱的艰辛呀！他清了清嗓子，高声喊起来："快来买今天的晚报呀！"

阵阵狂风吹过，豆大的雨点落了下来，落在秦枫头上，也砸在报纸上。

秦枫手里还有一份报纸没卖出去，他焦急地喊道："买报啦……"

路边的人行色匆匆，大雨将至，谁还顾得上买报呀！

这时，一辆黑色轿车停在

路边，茶色玻璃车窗开了一条缝，窗缝里递出一块钱，车里的人低声说："来份儿晚报！"……

被大雨浇透的秦枫跑回家，进屋后，他连打了几个喷嚏。正在里屋看报的妈妈走出来，说："小枫……辛苦了！冻着了吧？"

坐在沙发里看报的老爸抬起头来说："头一天当报童就卖光了！成绩不错嘛！"

"咱们家怎么有两份晚报？"秦枫诧异地望望妈妈，又看看爸爸，爸爸手里的报纸上还有几个被雨滴打湿的印迹。秦枫吼道，"爸！您不该这样帮助我！我既当报童，就要当个称职的报童！"

第二天下午，特别报童秦枫再次"上岗"。

请小读者 回答

大雨将至，"报童"秦枫的爸爸是怎样帮助秦枫的？后来，怎样被秦枫发现的？

答案：

　　大雨将至，秦枫的爸爸开车到他跟前，将车窗打开一条缝，将他的最后一份晚报买走了。秦枫回家后，发现家中有两份晚报，其中一份上面有雨点打湿的痕迹，秦枫这才发现老爸暗中帮助了自己。

H anhan he ta de choubaba

瀚瀚和他的"臭爸爸"

深夜，喝了酒的爸爸趴在床上打起了鼾。瀚瀚蹑手蹑脚坐到桌前，展开纸写起信来，纸上出现了"亲爱的妈妈"几个字，晶莹的泪珠落在纸上,瀚瀚用手拭去,笔在纸上"刷刷"地写起来……

这时，爸爸含糊不清地嘟囔着："阿玲，我不信我干不出个样来……你干吗非得出国？"

阿玲——爸爸常这样喊妈妈，当然，那是他们没分手的时候。

前几年，爸爸的单位不景气，他停薪留职开了家汽车零配件公司。人家开公司赚钱，他却赔得一塌糊涂。但他输得像条汉子，把盘店的钱还给了奶奶和叔叔，办公司时，爸爸向奶奶和叔叔借了许多钱。爸爸把死抠住的一万块钱给了妈妈，然后一个人闯海南去了。

爸爸到海南一家公司打工，老板知道他开过汽车零配件公司，认定他精于公关，让他当

了业务经理。他觉得老板器重自己，干得很卖力气。年底，老板让爸爸去催一笔"呆账"，账没催回来，却把差旅费花光了。回到公司，老板说他无能，炒了他的"鱿鱼"。

形只影单的爸爸回到北京，家里只剩下了瀚瀚。妈妈留下一张纸条，纸上只有几个字："别怪我，我出国了。"她把剩的5000元留给邻居奶奶，作为瀚瀚的生活费，托邻居照管瀚瀚。她是花3万元托中介公司办了个公司业务员的假身份走的。那3万元是她当"家教"挣的钱，不能算把家里的钱卷走了。她讲的出国理由也很堂皇，说是出国深造。爸爸当年长得很帅气，瀚瀚的妈妈曾拼命追求过他。爸爸把纸条撕了，他拍着瀚瀚的头说："儿子，你将来也可以走！"

瀚瀚哭着捶爸爸："我偏不离开臭爸爸！"

爷儿俩抱头痛哭——这是瀚瀚平生第一次见爸爸哭。

爸爸原来待的厂子彻底破产了，他连保存档案的地方都没有了。爸爸办了个修车的执照，在街上修起车来。

修车的摊儿也不是好练的，爸爸见修车人都往马路对面的修车摊子跑，他忍不住跑到对面想看个究竟。他问那修车的小平头："兄弟，你这边怎么这么火？"

小平头小声说："学着点吧，我在马路上布了'地雷'。你真憨，你起什么照呀？有照每月得白白往税务局扔几百，咱没照，我这里修理费就降下来啦，你那边换个气门芯儿一块钱，我这儿5毛就搞定啦！这叫薄利多销嘛！"

　　天哪！小平头竟然在路面上撒了许多玻璃碴子。瀚瀚爸爸气得吼道："你缺德不缺德呀？"

　　小平头撇着嘴说，"咱看你初练摊儿，才对你说。走走走！别在我跟前起腻！"

　　在瀚瀚爸爸回摊位时，小平头骂了一句："傻帽儿！像你那样还想挣钱哪！"

　　在不公平竞争中，爸爸又成了失败者。没过几天，人们在修鞋匠行列中又发现了瀚瀚爸爸的身影……

　　瀚瀚妈妈终于寄来一封信和离婚协议书，她要和一个美籍华人结婚，同时还寄来 3000 美元当路费，说是要接瀚瀚到美国洛杉矶读书。

　　爸爸让瀚瀚拿主意，晚上爸爸喝了很多酒。半夜，瀚瀚爬起来给妈妈写信……

　　瀚瀚写道："……妈妈，我们就是这样过来的。你可以讲一百个理由说跟爸离婚是对的，我不是小孩子，我敬重爸爸，他总是失败，却从来没有停止过奋斗，我绝不离开臭爸爸……"

　　瀚瀚听到背后发出轻微的抽泣声，他回头一看，爸爸不知啥时站在了他身后。瀚瀚扑在爸爸怀里，哭道："我绝不离开您！我不同意您在离婚协议书上签字！"

　　"我跟你妈妈没有谁对谁错，她的结局不错，总算没嫁给黄头发、蓝眼睛的外国人，孩子，为妈妈祝福吧！"爸爸说，"那笔钱爸爸给你留着，那是妈妈给你的……"

"我给妈妈寄回去！"瀚瀚说，"爸爸靠修鞋能活着，我也能！"

"随便你！臭小子！"

清晨，爸爸挎着鞋箱子出门，瀚瀚追上来说："今天是星期六，我也去！"

"你干什么去？"爸爸疑惑地问。

瀚瀚大声对爸爸说："帮爸爸修鞋，练摊儿去！"

请小读者 回答

什么叫"呆账"？什么叫"炒鱿鱼"？

答案：

"呆账"就是长期讨不回来欠本单位或者欠本人的债务。"炒鱿鱼"就是被公司老板或者单位辞退了。

Mangyuan de liming
莽原的黎明

  黎明时分，莽原东方的天空刚刚泛青。一片片浅水塘宛如一颗颗明珠镶嵌在扎龙自然保护区湿地的沼泽地里。

  两只小丹顶鹤怯生生地迈着小步行进在湿地里。

  在不远处的灌木丛后，藏着一男一女，他俩是自然保护区丹顶鹤人工繁育基地的科技人员，男的是大李，女的是小林。那两只幼鹤是他们用人工繁育出来的，他们是为放生这两只人工幼鹤进行野外适应性驯化的。

  小林是新分到繁育基地的大学生，她不解地问大李："李老师，为什么非要把它俩弄到这么远的湿地来呢？在离咱们基地不远的地方不是也有块湿地吗？"

  大李深沉地望着离他们越来越远的两只幼鹤说："丹顶鹤的领地意识特别强，有一个野生丹顶鹤种群常光顾这片湿地，别的丹顶鹤就别想再到这里来觅食，除非它们认为光顾者是它们种群里的成员。同样，离基地较近的那片湿地，有我们基地繁育的丹顶鹤在那里栖息，这个野生丹顶鹤的种群是不会到那里去的，它们不认为那是它们的家园。我们抱着这两只小家伙到这里来，不仅仅是让它俩进行适应性驯化，也是让生活在这里的丹顶鹤种群

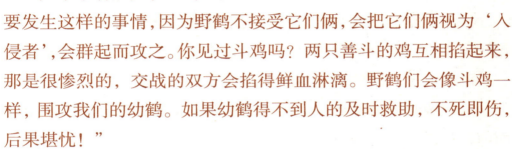

熟悉它俩的气味，并接受它们俩，逐渐让它们融入野鹤种群。"

小林不无担忧地问："如果野鹤群不接受它们俩，会发生什么事情呢？"

大李皱着眉头说："但愿不要发生这样的事情，因为野鹤不接受它们俩，会把它们俩视为'入侵者'，会群起而攻之。你见过斗鸡吗？两只善斗的鸡互相掐起来，那是很惨烈的，交战的双方会掐得鲜血淋漓。野鹤们会像斗鸡一样，围攻我们的幼鹤。如果幼鹤得不到人的及时救助，不死即伤，后果堪忧！"

"那太可怕了！"小林惊恐地说。

大李安慰小林说："也许不会发生这样的事情，我们抱着它们到这里进行适应性驯化已经有五次之多了。"

小林点了点头说："但愿如此，野生鹤群和这两个小家伙应该彼此熟悉了对方的气味，并接受对方在这片沼泽地的存在，视对方为'家族成员'了。"

突然，天边传来一阵阵"嘎呜嘎呜"的鸣叫声，一大群美丽的丹顶鹤由远而近，它们正是常光顾这片沼泽地的野鹤。群鹤像一个个穿素衣、戴红冠帽的公子、小姐一样依次降落在沼泽地里。

有两只小野鹤恰好降落在那两只人工幼鹤的身旁。两只人工幼鹤惊恐而又好奇地发出"嘎嘎"的叫声。

那两只野生小鹤也昂首长歌："嘎——呜——嘎——呜！"它们边叫，边走向不远处它们的父辈。两只人工幼鹤跟在两只小野鹤的后面，也走向那群成年野鹤。

成年野鹤们向两只人工幼鹤发出慈爱悲悯的叫声。一只成年雌鹤还用自己的喙帮助一只人工幼鹤梳理了一下散乱的羽毛。

两只人工幼鹤的身影渐渐地融入了野鹤的群落，分不出彼此。

一只成年雄鹤啄到一条小鱼，它舍不得吃，送到四只小鹤的面前，让四只小鹤分享。

这时，泛白的东方映出橙色的霞光，给亭亭玉立的群鹤镶出一道道瑰丽的金边。

远处灌木丛中两个育鹤人一丝倦意都没有了。大李和小林对视一笑，那笑容是无言的心声——"我们的幼鹤有了真正的家"。

请小读者 回答

在对人工孵化的幼鹤进行适应性驯化的时候，野鹤群中是谁最先接受了两只人工孵化的幼鹤？

答案：
是两只小野鹤最先接受了两只人工孵化的幼鹤。

Hougong maomao
猴工貌貌

　　梭梭是椰林寨农场的摘椰工，他非常勤劳，可是，无论他怎么干，家里都依然很穷。所以，梭梭来到猴工市场，买了猴工貌貌做帮手。梭梭把貌貌放在脚踏车后座上，吹着口哨往家里奔去。

　　貌貌不知道带它走的是什么人，但有一点它很明白，从此，这个汉子将成为它的主人。梭梭带着貌貌回到家里，他的茅屋里家徒四壁。梭梭屋里还有一只叫丽丽的雌猴，丽丽见又来了一只猴，它认为新伙伴有可能分享主人对它的宠爱，对貌貌很不友好。好在主人梭梭对貌貌很仁慈，无论梭梭吃什么果子，都分给丽丽和貌貌一份儿。

　　第二天，梭梭骑着脚踏车带着貌貌和丽丽去上班了，丽丽坐在主人胸前的车梁上，貌貌只能坐在车的后座上。丽丽很在意主人给它安排的位置，它觉得坐在车梁上是受主人恩宠的标志。貌貌倒显出随遇而安的样子。一主二仆来到椰林里。

　　农场主皮笑肉不笑地喊道："梭梭，又买了一只猴子？"

　　貌貌很讨厌农场主，它龇牙咧嘴地向农场主发出怪叫声，吓得农场主后退了两步。

　　梭梭带着两只猴子爬上高高的椰树，开始采摘椰子。猴工貌

貌手脚很麻利，一颗又一颗的椰子从它的爪子中落到地上。谁知，不一会儿，农场主气急败坏地跑到椰树下，朝上面大声吼叫："梭梭！怎么让你的猴子摘不熟的果子？这得少卖多少钱呀？"

猴工丽丽立即指着貌貌，意思是告诉主人，是貌貌惹的祸。

貌貌摘下一个大椰子朝农场主投去，吓得农场主扭头就跑。看到农场主狼狈的样子，梭梭哈哈大笑："守财奴！你看这个是生的吗？"然后，梭梭摘下一个成熟的椰子指给貌貌看，他又指着树上一个不熟的果子，摆摆手。貌貌绝顶聪明，它立即明白主人是在告诉它，不能摘生椰子。后来，貌貌摘果子的速度不但快，而且摘的全是熟的。主人梭梭不住地夸奖貌貌，这使丽丽很妒忌。

收工回到家里，貌貌受到主人的奖励，梭梭多给了它一根香蕉，丽丽很不开心。从此，猴工貌貌安心地在梭梭家里，给主人当帮手。

这天，梭梭又带着两个猴工来到离家很远的椰林里摘椰子，这里很偏僻，草丛里潜伏着许多毒蛇猛兽。梭梭和丽丽爬到同一棵椰树上干活，身轻如燕的貌貌爬到旁边一棵更高的椰树上采摘。貌貌一边干活，一边东张西望。梭梭不满意地喊道："专心干活！"

丽丽见貌貌受到主人的呵斥，得意地看了貌貌一眼。

突然，貌貌指着主人和丽丽待的那棵椰树张大了嘴巴，发出"吱吱"的叫声。

丽丽听到貌貌的叫声，向貌貌指的方向看去，发现一条眼镜蛇正向梭梭的赤脚爬去，舌芯子一吐一吐的，这时，丽丽如果用手里的椰子砸向那条眼镜蛇，能使主人暂避眼镜蛇进攻的锋芒，但丽丽却吓得大气儿也不敢出，更不用说出击了。梭梭没有发现近在咫尺的危险，依然快乐地摘着椰子。那条眼镜蛇离他的赤脚越来越近了！

貌貌来不及提醒主人，它从自己待的这棵椰树上向主人和丽丽待的那棵树上跳去，用一只爪子抓住眼镜蛇的头，另一只爪子抓住蛇尾，用力一挣，将蛇的骨节挣脱了节！但由于貌貌两只爪是悬空的，它绝望地大叫一声，从高高的椰树上摔了下去！

梭梭和丽丽连忙爬下树。梭梭见貌貌抓着一条眼镜蛇，明白发生了什么事情——貌貌为掩护自己摔死了！梭梭把眼镜蛇从貌貌的爪中弄出来，在椰树下挖了个坑，将貌貌掩埋了。地上多了一座土冢，坟前插着一块木牌，牌子上歪歪扭扭地写着一行大

字——猴工貌貌之墓。梭梭和丽丽肃立在土冢前，默默地流着泪。在晚风的吹拂下，椰林响起瑟瑟的挽歌……

请小读者 回答

为了保护主人梭梭，猴工貌貌的结局怎样？

答案：

　　猴工貌貌为保护主人梭梭，从另一棵椰树上跳到梭梭待的那棵椰树上，它用一只爪子抓住要攻击梭梭的眼镜蛇，用另一只爪子将眼镜蛇一捋，蛇被捋脱了节死掉了，而两爪悬空的貌貌却掉到地上摔死了。

Shou ji
手 机

郝洁和颜青背着画夹子挤上了公交车，她们都是少年宫美术班的小学员，她俩结伴到少年宫去上课。郝洁身子单薄，颜青让郝洁在她前面，她护着郝洁上了车。

这时，有一个男子从后面追上来，从颜青后面挤上了车。同时，颜青闻到了那男子呼出的浓重的酒气，那男子一边挤，一边喊道："让一让，我下站就下车！"

中门上，后门下，这无可挑剔，颜青闪着身子让那男子蹭着她的身体挤过去。

突然，站在郝洁旁边的一位叔叔拍了拍郝洁的肩头："孩子，看看你丢了什么东西没有？"

郝洁本能地摸了一下衣袋，惊叫起来："呀！我的手机不见了，上车前我还给妈妈打了个电话呢，让妈妈下课时来接我。"

提醒郝洁的那位叔叔立即向司机喊道："师傅！这位小朋友丢了手机，到站请先不要开门！"

车很快就到站了，司机一踩刹车，车停在站前，司机回头向车厢里喊道："谁拿了人家的手机，拿出来吧！不然，我开到公安局去！对小孩儿都敢下手，这叫什么人哪？"

刚刚挤上车的那个男子不干了："凭什么呀？我还有急事呢！"

在他前面的一个"小胡子"也不干了："在哪儿丢的上哪儿找去，快开门，别误了老子的事！"

"说这话的亏心！肯定是他拿的！"不知是谁这样喊。

"胡说！老子离那小姑娘八丈远呢！""小胡子"气哼哼地喊道。

最后挤上车的那个男子也喊道："别……血口喷人，我是刚挤上车的，可我跟她还隔着一个小姑娘呢！我看她身后那个小丫头片子最可疑！"他说的隔着个人指的就是颜青。

车里吵成了一锅粥。提醒郝洁的那位叔叔对郝洁小声说："请告诉我手机的号码！"

郝洁立即明白了，小声说出了手机号码。

"知道了。"那位叔叔立即从衣袋里取出自己的手机，按动了号码……

突然，从"小胡子"身上发出了彩铃声。郝洁喊道："是那个'小胡子'偷的！"

　　满车的人都愤怒地喊起来："是他！就是他！竟然偷到小孩子头上了！真可恶！"

　　"不是我……不是，我离那个小小姑娘那么远，怎么会是我呢？""小胡子"狡辩道。

　　"手机怎么会在你的身上？"打手机的叔叔收了手机，挤到"小胡子"身边，利索地从身上取出手铐，"咔"地一下铐住了"小胡子"的一只手，"对不住了，我是反扒大队的警察！盯了你们好几天了！"

　　最后挤上车的那个男子喷着满嘴的酒气说："就是呀？不是你，手机怎么会在你身上？"

　　反扒警察却用手铐的另一个铐环铐住了他的一只手。

　　那个男子急了，喷着酒气喊道："咦？怎么连我也铐呀？是他偷的，不是我呀！警察同志，您可不能搞冤假错案呀！"

　　"别装蒜了，一点儿也不冤枉你，你和'小胡子'是一伙的。就是你隔着你前面那个小姑娘，把手伸到丢手机的小姑娘的衣袋里，拿到手机后，你佯装下车往前挤，把手机传到了'小胡子'手里。这是你们惯用的手段。事发了，首先怀疑的是你前面那个小姑娘，而不是你。即使有人怀疑到你，手机已经被你转移了，抓你的人拿不到证据，也拿你们没办法。你们用这种手段，多次偷窃得手。"

　　手机又回到了郝洁手里，郝洁连连向反扒警察道谢："警察叔叔，谢谢您！"

　　颜青突然喊道："我认出来了，您就是电视新闻里播过的反扒英雄铁山虎叔叔吧？"

　　"我是人民警察老铁！再见！"车门开了，警察老铁押着两个小偷儿下了车。一车人望着这位貌不惊人的人民警察的背影渐渐远去……

请小读者 回答

警察叔叔为什么要郝洁的手机号码？

答案：

　　小偷偷到手机后，还没有来得及将手机号换掉。这时，抓捕他的警察只要拨通这部手机号码，手机响起来，就等于告诉警察，揣着这部手机的人就是小偷，或者是小偷的同伙。

Y *i kou xiao jinguancai*

一口小金棺材

小锐正在做作业，门外传来敲门声和奶奶的喊声："小锐开门！"

小锐跑去开门，奶奶提着菜篮子进了门，后面还跟着一个中年女子。那女子见着小锐，满脸堆笑："大妈！他是……"

"这是我孙子！"

"这孩子多帅呀！将来准能当官儿！"那女子笑着说，"我那口小金棺材找到真正的主啦！它是十足的小金棺材，它保佑您儿子和孙子升官发财！买下它，您赚大发了！"

"他爸已经当处长啦！他刚上五年级。"奶奶被说得心花怒放，说，"我给您拿钱去！"

"不急！"那女子望望门外，看看有没有人。

小锐问奶奶："您买什么呀？"

"小金棺材，纯金的，是这位阿姨家祖传的！谁有它谁家子孙就能升官儿发财！"

那女子打开一块红绸布，里面露出一口小金棺材。小锐对奶奶说："咱不买，这是迷信！"

那女子面带愠色说："这是怎么说话呢？在菜市场您也看见

了，好几个人要买我都没卖，我看您实在，才跟着您来的。真是的！不卖了！不卖了！"

奶奶拦住那女子，说："小孩子的话不算数，我给你拿钱！"

小锐见劝不住奶奶，急中生智说："我出去玩一会儿！"他冲出了家门。

小锐想去报案，竟和一个人撞个满怀，原来，是两位警察出现在他面前。小锐连忙说："叔叔，快到我家去抓骗子！"

两位警察跟着小锐回家。那女子正把小金棺材塞到老奶奶手里，并接过一摞钱。见到警察，她慌了，连忙说："得！我不卖了！"

一位警察说："我们跟踪你两个星期了，今天又来行骗了！"

"啊？她是骗子？"奶奶一屁股坐在了沙发里。

一位警察把骗子带走了。另一位警察说："这种小铜棺材在南方的店铺里有的是，骗子用它当道具行骗。大妈，要小心呀！"警察带着骗子走了。

奶奶捧着那摞钱，喃喃地说："好悬哪！小锐，多亏了你去

报案，也多亏警察同志来得及时，不然，奶奶就被骗子骗惨了！"

小锐对奶奶说："以后咱们不迷信，骗子的骗术就不灵了！"

请小读者 回答

女骗子用什么手段骗小锐的奶奶上当？

答案：

女骗子用小铜棺材冒充小金棺材，卖给老奶奶，说是能保佑老奶奶的子孙升官发财。

S hui shi zonghuofan
谁是纵火犯

傍晚，李厂长要去见一个重要客户，他让秘书华小姐跟他一起去。为了表示对客户的尊重，华小姐特意换了一套晚礼服。

司机小王把轿车开到厂大楼门口，华小姐正在那里等着。小王抱歉地说："华秘书，请你转告李厂长，我先开车到厂加油站去加油，然后回来接你们。"

"好的！"华小姐的话音未落，她身后传来李厂长的声音，"小王，时间还早，你去加油，我们可以在厂区走两步，咱们在加油站会面。"

"好嘞！"司机小王开着车离开了厂部大楼，向着加油站开去。

小王开着车来到加油站，加油站的师傅老郭奇怪地问："这么晚了还出车？给领导开车也够辛苦的！"

小王苦着脸说："谁说不是呢？厂长要去见一个重要客户。哎，郭师傅！满了！油都溢出来了。"

"哟！光顾说话了。"郭师傅连忙关掉了加油管，溢在地上的油散发出浓浓的汽油味儿。

这时，李厂长和华小姐匆匆地走来，小王打开后车门，请厂长坐在车的后排座上。"砰"的一声，他敏捷地关上了车门。华小姐刚要打开前车门，突然，加油站的棚下发出"轰隆"一声剧烈的爆炸声，接着，加油器被炸得粉碎，加油站燃起了冲天大火！李厂长从车里钻出来，指挥在场的人投入了灭火战斗，华小姐、老郭和小王都奋勇灭火。李厂长怕轿车爆炸，命令小王把轿车开到厂区篮球场上去。接着，李厂长又拨通了消防大队的电话，很快，厂区响起了消防车的警笛声，消防战士们从车上跳下来，勇敢地投入了灭火战斗。许多还没下班的工人听到厂加油站起火的消息，纷纷赶来一起灭火……

这场莫名其妙的火灾终于被扑灭了，这场火灾造成的损失虽然不大，却把公安局刑侦科的侦察员给引来了，柯宁少校勘察了火灾现场，他望着最初出现在火场的司机小王、郭师傅、华小姐和李厂长，这四个人都被烈焰熏得跟小鬼儿似的，个个都像灭火英雄，谁也不像是纵火犯。

柯宁用审视的目光望着每一个人，突然问郭师傅："您吸烟吗？"

"过去吸，早戒了！"

"你，还有您！"柯宁少校的

目光又盯住了小王和李厂长。

"不吸。"李厂长冷冷地回答说，"我的司机也没有这种嗜好！"

"你……"柯宁少校突然上下打量着华小姐，并在她周围转了一圈儿。

"我……不吸烟！"华小姐紧张地说，"不是我放的火，我是跟李厂长一起赶到加油站来的，没有作案时间。"

"你的晚礼服是什么质地的？"柯宁好奇地问，"你和李厂长为什么没有坐车过来，而用徒步的方式赶到这里？"

"不好意思，我的套裙是化纤的。我要跟厂长去会见一个重要客户，司机小王说要加油，见时间还早，厂长就和我走到这里来上车……"华小姐不解地问，"这跟火灾有什么关系吗？"

"明白了……"柯宁指着华小姐身上残破的套裙说，"纵火犯不是你本人，却是你身上穿的这身化纤套装。现在正值秋天，秋高气爽。化纤衣服经过摩擦后会产生静电。你和李厂长从厂部走到这里，有一段距离，你们二人行色匆匆，在赶路过程中，衣服上产生了不少静电荷，你穿的又是皮鞋，静电荷无法释放。加油站的地上又有溢出的汽油。汽油分子迅速地弥漫在空气中。司机小王猛一关车门，激得套裙上的静电产生了电火花，将弥漫在空气中的汽油分子点燃，引起了这场大火。"

听了柯宁对案情的分析，华小姐如释重负，她问李厂长："我们还去见那个客户吗？"

"这样去见人家，还不把人家吓跑呀！"李厂长用手机拨通了客户的电话，赔着笑脸说，"张先生，不好意思，我遇到了一件脱不开身的事，明天我再登门拜访！拜拜——"

消防大队的消防员和公安局的警察陆续撤离了厂区……

请小读者 回答

谁是这起火灾的纵火者？

答案：

引起这场火灾的不是人，而是华小姐身上的化纤套装，人穿着化纤套装走路时能产生静电荷，华小姐又穿着皮鞋，静电无法释放，产生的电火花将弥漫在空气中的汽油分子点燃，引发了这场火灾。

2 起跑线上的"小菜鸟"

　　"小菜鸟"不是鸟，是我们班几个自称是电脑网络高手的"大虾"们给匡小林起的绰号……

　　一个月前，小林的爸爸抱回一台电脑，小林兴奋不已，把这个喜讯告诉了同学豆豆和琴琴。没想到豆豆竟把大拇指放在自己的鼻尖上直扇鼻子："臭不臭呀？谁家没有电脑呀？我们家早换了两台啦，现在家里摆的是'奔腾双核'的，你们家的电脑是'奔几'的？"

　　"奔……"匡小林一下子卡壳了。

　　小林的窘态引得同学们哈哈大笑。豆豆拍拍小林的脑门儿说："我知道啦，小林家的电脑是'大脑锛儿'级的！"

　　小林这才知道，同学家里都有电脑，不仅会用，个个还是网上冲浪的"大虾"——"网络大侠"。小林暗暗发狠，一定学会使电脑，还要像豆豆和琴琴他们那样成为网上漫游的"大虾"！

　　谁知，电脑不是那么好学的，当小林的手指按到键盘上时，总显得那么僵直，一不小心，不知碰了什么键，屏幕上就出现一个莫名其妙的对话框，问得小林手足无措。好不容易，把键盘熟悉了，小林又开始学习五笔字型输入法。功夫不负苦心人，小林终于学会了用五笔字型输入法打字。

　　小林这次可长记性啦，他没把取得的成绩告诉任何人。他决心学会上网，加入到班里的小网民行列中以后，再向同学们宣布。谁知，小林怎么也上不了网，他不得不向豆豆请教。豆豆笑着问："你们家里的电脑有'猫'吗？"

　　"怎么电脑里还有'猫'？"小林又傻眼了，他蔫头搭脑地回到家问爸爸，"咱们家的电脑里有'猫'吗？"

　　爸爸说："上网才用'猫'呢，我怕影响你学习，没装'猫'。"

　　小林央求爸爸说："咱们也装一个吧，班里同学都会上网，就我不会，我保证不影响学习！"

　　爸爸答应了，给电脑装了一个"猫"。小林终于可以上网了，他在爸爸的帮助下注册申请了一个网址。通过上网，全世界发生的事情顷刻间就知道了，还可以给要好的朋友发信，上网就是爽！

　　给哪个朋友发信呢？豆豆？琴琴？对，先给豆豆发信，也让他知道知道，咱小林也是网民啦！上哪儿去弄豆豆的网址呢？琴琴跟小林关系最好，她也是豆豆聊得来的网友。小林从琴琴那里弄到了豆豆的网址，并要求琴琴为他保密。琴琴不解

地问：“上网就上网呗，保什么密呀？”

小林试着给豆豆和琴琴各发了一封邮件，信是这样写的：“两位‘大侠’，你们的新网友登录拜访啦——新‘大虾’。”

小林很快收到了两位网友的回信。豆豆的信把小林气坏啦！信中说：“别没自知之明，你充其量是‘小菜鸟’！”小林生气地断开了网络连接。

爸爸下班了，见小林傻傻地坐在电脑桌前发呆，纳闷儿地问：“发生了什么事情？”

“有什么了不起的？不就是早上了几天网吗？为什么骂人？”小林把发生的事情跟爸爸讲了一遍。

爸爸哈哈大笑：“这算什么呀？你就是一只‘小菜鸟’，两年之前，爸爸在单位刚上网的时候，还不如你，简直是只笨鸟，内存不够了，爸爸竟然把系统文件给删掉啦，不是‘菜鸟’是什么？”

听了爸爸的话，小林顿觉释然：“噢，刚上网的人都是‘菜鸟’呀？”

“我们家可爱的‘小菜鸟’刚刚站在起跑线

上，多向你们班'大虾'们请教吧！"爸爸拍拍小林的肩膀说。

"好嘞！"小林重新登录网络，向豆豆发出了第二封信，信中说："'小菜鸟'向你学习，请不吝赐教！"

去除了烦恼，网络给"小菜鸟"小林带来无尽的欢乐……

请小读者 回答

故事中的"小菜鸟"是骂人的话吗？

答案：

"菜鸟"是网民中一个流行的词，专指刚刚学会上网的初级网民。故事中的"大虾"也是网上流行的一个词，是上网技术精通的"老网民"，取"大侠"的谐音。这种称呼都没有贬义，不是骂人。

huo xie zi

捉蟹子

秋天，我来到了在江南水乡的外婆家。要不是有表哥，我这个在城里长大的孩子到了乡下，就成了什么都不懂的"白痴"。

一天，表哥问我："想不想吃蟹子？"

表哥说的蟹子就是螃蟹，我忍不住咽了咽口水，说："当然想吃啦！在城里吃一只螃蟹，要几十块钱呢！"

表哥说："在咱这里吃蟹子，一分钱不花！走！跟我捉蟹子去！"

我跟表哥各背了个竹编的篓子，拿了根小棍儿，就出发了。我好奇地问表哥："上哪儿去抓蟹子？是去水塘吗？"

表哥卖着关子笑着说："水塘里的蟹子是人家养着卖钱的，谁让你抓？我们去一个不花钱的地方捉蟹子。"

我惊讶地问："还有不花钱的蟹子？吹牛吧你！"

表哥见我不信，只得透露了实底："我们去咱们家水田边的水沟去捉，稻田里不是有水吗？水田里也有少量的野生蟹。现在稻子快收割了，稻田里的水都被放掉了，正好捉蟹子。"

我一听，竟然有这等好事，兴致勃勃地跟着表哥来到了水田边的水沟旁。

　　田野里微风徐徐，吹来稻谷的清香。在风儿的吹拂下，稻田里掀起层层金色的波浪。我深深地吸了一口气。表哥赤脚跳进接近干涸的水沟，说："下来呀！垄堤上是不会有蟹子的。"

　　我也跳进水沟，疑惑地问表哥："没有一点儿水，怎么会有蟹子呢？你不会骗我吧？"

　　表哥信誓旦旦地说："要是捉不到蟹子，中午你把我吃了！"

　　听表哥这样讲，我乖乖地跟在他后面，搜索前进。

　　突然，表哥停住了脚步，说："看！这里有个蟹洞！"

　　我看到垄堤上的青草下面有个拳头大小的洞，表哥把手中的木棍儿捅进洞里，在里面探了探，不一会儿，从洞里仓皇逃出一只青蟹。表哥敏捷地用手按住了那只倒霉蟹子的背壳，将它扔到了后背的竹篓里。表哥捉蟹的动作是那样潇洒自如。我也想露一手，央求他说："再发现了，让我捉，行不？"

　　"当然可以，不过，你要小心，不要让蟹钳夹住你的手！"

　　表哥捉完了蟹子，用手挖了些泥，将刚才青蟹藏身的洞给堵住了。我不解地问："为什么要堵洞呢？"

　　表哥说："蟹子在垄堤上挖洞，垄堤就容易跑水，春天浇地的时候，水从洞里流出去，就浇

不到稻田里去。"

我这才明白，我们来捉蟹，同时，也是为了加固垄堤。表哥又发现了一个蟹洞，他让我来捉。我学着表哥的样子，把手中的木棍伸进洞里，可是，无论我怎么搅，藏在洞里的蟹也不肯出来。表哥笑着说："像你这样搅，躲在洞里的蟹子哪里还敢出来？它会拼命地往泥里钻的！"

我急了，把手伸进洞里，想用手捉藏在洞里的蟹子。突然，手被什么东西夹了一下，疼得我直叫，猛地把手缩回来，竟把夹着我的手的蟹子给拖了出来。

表哥笑得前仰后合："哈！不知是你捉住了蟹子，还是蟹子捉住了你？"

不管怎么说，毕竟这是我平生捉住的第一只螃蟹。我自豪地将那只蟹子扔进了背篓里，我恼怒地说："哼！让你夹我！中午咱们报仇雪恨。"

我填平了蟹洞后，继续往前搜索。

我看得出来，表哥处处让着我，他发现的蟹洞，尽量让我去捉，让我"建功立业"。我们俩的竹篓里的青蟹越来越多。那些倒霉的"俘虏"被扔进竹篓后，不断地发生"内战"，为了逃出篓子，它们还彼此厮打，你扯着我，我攀着你，谁也不让着谁，结果，谁也逃不出竹篓。

我们背篓里的青蟹越来越多，将近中午时分，两个竹篓里都有了不少青蟹。表哥对我说："够吃就行了，不能再捉了，河蟹子要吃鲜，死蟹子吃了要中毒的。"

回到家里，外婆已经烧开了水，准备蒸蟹子，看来，外婆对于我们这次捉蟹子行动充满了信心。外婆将吐着白沫的蟹子放入蒸锅……

然后，外婆准备吃蟹子用的调料，她切了好多姜末，放进醋和酱油的混合调料里。我问外婆："吃蟹的调料里为什么要加那么多姜末呀？"

外婆说："蟹虽然好吃，可它属于寒性食物，姜性温，吃蟹时，加些姜末，可以暖胃，吃了不闹肚子。"

半个小时后，我们就吃上了香飘四溢的蟹子。我们捉的蟹子虽然比市场上卖的要小得多，可我非常开心，吃得满嘴流油，因为，这些蟹子毕竟是我和表哥的"战利品"呀！

请小读者 回答

吃蟹时为什么要加姜末？

答案：

蟹虽然好吃，可它属于寒性食物，姜属于温性调味品，吃蟹时，适当加些姜末，可以暖胃，吃了不闹肚子。另外，姜还有解毒杀菌的作用。

家长学校的特殊学员

　　五（2）班居然办起了家长学校，第一批学员可不是自愿报名，而是由全班同学公推的。放学后，小淘气吉小路给老爸带回了这份"荣誉"，他老爸被公推为家长学校的第一批学员。

　　拿到通知书，爸爸勃然大怒，他指着小路吼道："你是不是又捅了娄子，让我到学校去现眼？"

　　"才不是呢，学习委员韦晶晶的妈妈也是第一批学员呢！"小路据理争辩说。

　　小路的爸爸这才气顺了点儿，能和学习委员的妈妈同为一期学员，这倒是一种难得的殊荣。再说，别的学校办家长学校，不是请名校的老师，就是请心理专家，受一次免费的育儿专业的培训，何乐而不为呢？

　　星期天，小路的爸爸兴致勃勃地来到学校，他被两名学生客气地让到教室里，教室里已经来了六七位家长，他一眼看到韦晶晶的妈妈，看来，小路所言不虚，晶晶的妈妈果然是第一批学员。后来的家长学员陆续进入教室，班主任张老师微笑着同每位家长们寒暄……

　　人到齐了，这时，班长何淼走到讲台前大声宣布："五（2）

班第一届家长学校现在开学！我们热烈欢迎家长学校的学员们！

既然是学校，有学生，自然应该有老师，谁来担任家长学校的老师呢？不是专家，也不是名校的老师，而是我们的同学和在座的家长。这叫自己教育自己，现在请后进变先进的林聪给大家讲课。"

林聪是跟小路一样的小淘气，学习成绩跟小路一样糟糕，怎么突然成了后进变先进的典型啦？这一下子提起了小路爸爸的兴趣。林聪走上台，向家长们行了个礼，他不无得意地说："各位家长，我取得了点滴的进步，除了得到老师和同学的帮助，还得感谢我的老爸。这半年来，他再也不打麻将了，没少为我操心。老爸经常与老师保持联系，我取得了进步，他及时地表扬并奖励我，我学习的劲头就更足了……"

小路的爸爸羡慕地望着林聪，心想，小路呀小路，你要是有林聪的一半就好了！林聪讲完了，他和家长们向林聪报以热烈的掌声。

接下来，是由韦晶晶的妈妈上台现身说法，她激动地说："晶晶学习一向很好，她是我的骄傲。平时，我什么事都不让她做，班里举行过一次干家务小竞赛，晶晶得了倒数第一名。我很惭愧，这种教育培养出来的将是高分低能的学生……"

她的讲话也得到一致的好评。

这时，班长何淼走上台说："有的同学在进步，有的同学成绩一向很好，家长还看到了孩子的不足。但是，班里有的同学缺点得不到改正，在家里得不到尊重，这成为这位同学进步的阻力。下面请第三位讲课人讲课，有请吉小路！"

小路的爸爸心里乱开了锅，他心里这个气呀！小路呀小路，好你个猴崽子！跟我打埋伏！你老子当学生，你却当老师，一点儿都不跟我透风儿，还反了你啦！"

小路一本正经地走上台，说："据可靠资料说，在有些国家，孩子不希望家长看成绩册，家长不强迫孩子拿出来，这叫尊重孩子的隐私。爸爸从来不尊重我的意愿，常擅自翻我的成绩册，翻过了就把我臭骂一顿，打一顿屁板儿，把我打翻身仗的心气儿都打没了。我也想像林聪一样进步，作为学生，谁不想进步呀！我希望，在我受挫的时候，家长坐下来，跟我一起分析失败的原因。在我有点滴进步的时候，家长给我一两句鼓励的话。可是，在我有时取得一点进步时，听到的还是爸爸的挖苦，说什么'你进一步，退两步，下次准又出溜下去了！'老爸，说一两句表扬的话您都那么吝啬

吗？请对我增强信心，行吗？我争取做下一个林聪！"说到这里，小路哽咽了，泪流满面的他再也说不下去了……

小路的爸爸听到这里，再也坐不住了，他三步并作两步跑到小路面前，一下子把小路揽在怀里，说："小路，爸爸错了！孩子，老爸相信你！"

教室里掌声雷动，家长学校的学员、同学和老师都跑到小路面前，班长何淼掏出纸巾，替小路擦去脸上的泪水。

学员们都称赞家长学校办得好，大家对小路充满了期待，希望他成为第二个进步生林聪。

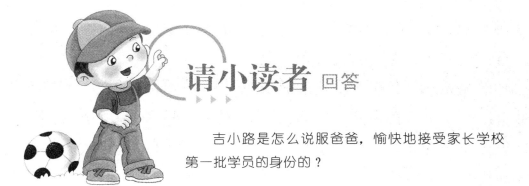

请小读者 回答

吉小路是怎么说服爸爸，愉快地接受家长学校第一批学员的身份的？

答案：

吉小路对爸爸说，学习委员韦晶晶的妈妈也是家长学校第一批学员，小路的爸爸才高高兴兴地接受学员的身份，参加了家长学校的学习。

压岁钱小银行

asuiqian xiao yinhang

春节后，天气渐暖，学校开学了，每个同学身上都散发着浓浓的年味儿，大家兴致勃勃地交流着春节期间的见闻。大胖不无得意地向精豆子显摆着过年时他收获的压岁钱："哥们儿，我过年时得了六百六，这数多吉利！"

"吉利什么呀？不知道的还以为是六六六杀虫剂呢！"精豆子用不屑的口气挖苦大胖，"咱过年的压岁钱不多不少，正好八百！这数才是真正的大吉大利呢！"

他俩无疑是获得压岁钱的冠亚军，听了他俩报的数，谁都不敢言语了。班长孙悦然突然问大胖："你跟小顺子住在同一条街，她怎么没来上学？"小顺子是班里最小的同学郑顺姬，大家都亲昵地称她"小顺子"。

"唉！别提了，小顺子这个年过得可不顺。她爸爸是修空调的工人，每天登高爬低的，就是人们所说的'蜘蛛人'。在为一户人家检修空调的时候，不慎从17层摔下来，死了，真惨呀！她妈妈在一家超市当临时工，收入特少。以后，小顺子能不能上学，还是个事儿呢！"

"小顺子还那么小……"孙悦然的眼眶湿了，她说，"她是我

们的小妹妹，我们不能让她中途辍学！"

不知什么时候，班主任来到了教室里，老师说："同学们，孙悦然说得对，在四川发生大地震时，我们班每个同学都慷慨解囊，包括生活并不富裕的郑顺姬，现在，我们的小顺子有了难处，我们能袖手旁观吗？"

精豆子摸摸后脑勺，窘迫地说："帮忙是可以的，这可不是一天两天呀！"

"你小子家里不是最阔吗？这时候你怎么不吹啦？你不是冠军吗？我就知道，到关键时候你小子准掉链子！"大胖鄙夷地望着精豆子，"我把压岁钱中的一半儿拿出来捐给小顺子！谁跟着随份子，大胖在这里替小顺子谢了！"他说得慷慨仗义。

精豆子受到大胖的批评，脸红脖子粗地说："谁掉链子啦？我……我认捐二百，还不行吗？"

男生们听了这位班里的第一"阔少"才捐了那么点儿，都用手在鼻子尖上扇风说："吁——吝啬鬼儿！臭大粪！看看人家大胖多仗义！"

孙悦然说："同学们，大家不要勉强精豆子，我们毕竟是没有经济收入的学生，帮助同学要量力而行。我有个提议，既能帮

助同学，又不让同学们有很大的压力。每个同学最少拿出 20 元钱作为对小顺子的捐款，这笔善款是不是太少了呢？不少，俗话说，救急救不了穷。我们再成立一个压岁钱小银行，大家把剩下的压岁钱都存到这个小银行里，然后，由小银行的行长把这笔款子存到真正的银行里。平时，我们用这笔钱产生的利息，来资助遇到难处的同学，等到毕业的时候，把这些压岁钱的本金再还给大家，这个办法行不行？"

"赞成！我认捐 50 元！剩下的都存在压岁钱小银行里！"大胖首先拥护，"每年的压岁钱我都不存，后来也都瞎花了。这个办法太好了，帮我守住这笔小财，还能帮助同学！"

"我也拥护！"精豆子为了证明自己不是吝啬鬼儿，他对孙悦然说，"我也认捐 50 元！"

"行！"孙悦然说，"不过，别跟我说，跟担任小银行的行长说去！"

"谁是行长呀？"大胖和精豆子都瞪大了眼睛问。

孙悦然说："我提议，大胖和精豆子当小银行的正副行长，让他们俩帮助咱们理财，行不行？"

"同意！"就这样，压岁钱小银行的正副行长产生了。

压岁钱小银行

老师的眼眶里含着泪水说："同学们，我……我也认捐100元……同学们真好，我们的班集体真好，小顺子会回到我们这个温暖的班集体中来的……"

第二天，同学们都把自己的压岁钱拿到了学校，竟然有一万多块钱呢！压岁钱小银行正式开张了。正副小行长把这笔钱的大部分存到了附近的建设银行里。

第三天，班长孙悦然、小银行的正副行长大胖和精豆子跟着班主任带着同学们的慰问和认捐的1650元善款来到小顺子家，小银行的行长大胖和副行长精豆子把这笔钱交到小顺子母女手里，小顺子的妈妈和她都热泪盈眶。

第四天，小顺子背着小书包，又回到了这个温暖的班集体里……

请小读者 回答

▶▶▶▶

班长孙悦然提议成立的压岁钱小银行是怎么帮助面临失学危险的郑顺姬同学的？

答案：

大家把压岁钱的一部分捐出来，作为帮助郑顺姬的善款，其余的存入压岁钱小银行，由小行长把这笔钱存到银行里，用产生的利息继续帮助郑顺姬不辍学，到毕业时，小行长把本金退给大家。

采访中的忏悔

　　大队宣传委员、壁报主编林晶找到唐豆豆，说："壁报该出刊了，你这个副主编想好了出什么了吗？"

　　豆豆撅着嘴说："官大压死人呀！你这个主编说出什么就出什么呗！"

　　"你就这样应付我？"林晶指着豆豆说，"我找辅导员刘老师去！"

　　"别……"豆豆就怕林晶动不动就向刘老师告状，赶紧讨饶说，"我早想好了这期的题材了……"

　　"这还差不多！"林晶笑着说，"什么题材？"

　　"6月5日是'世界环境日'，你们小区不是有个被誉为'动物保姆'的老人吗？我们采访他，上他那里挖点动人的故事，一定有新意！"

　　谁知，林晶的脸奋拉下来，说："这跟学生有什么关系呀？"

　　"这跟全人类都有……"这时，豆豆见辅导员刘老师走来，他像

遇到救星似的，说，"刘老师，林晶他们小区有个'动物保姆'，这位老人收容了许多被遗弃的动物，我们采访他行吗？"

"好呀！老人的事迹能唤起同学们爱护小动物的意识。"刘老师笑着说，"壁报的题材要宽一些，你们的想法与我不谋而合呀！"

"哈！刘老师都同意了！"豆豆不无得意地朝林晶挤眉弄眼。

林晶没词儿了。老师走后，林晶却说："你自己去采访那位'动物保姆'吧！"

豆豆说："你不去我也不去，要不，这期壁报甭出了！看谁着急！"

豆豆这手厉害，壁报出不来老师会找林晶问责的。林晶只好带着豆豆去她住的小区，来到那位老人的家。豆豆按响了门铃。

门刚打开，门缝处就挤出来两个猫头，屋里窜出一股异样的气味。一个瘦骨嶙峋的老人望着门外的男孩儿和女孩儿问："你们找谁？"

林晶和豆豆说明来意后，老人乐呵呵地把他俩迎进客厅，说："这两天，我老头子可成了名人了，想不到老了，报上还给我改性别了，管我叫'动物保姆'！他们爱叫什么叫什么吧！"

屋子里简直是动物世界，光伤残的流浪猫就有五只，还有两只长毛兔、两只荷兰猪。老人把小动物们关在不同的笼子里，猫儿们关不住，随它们在屋里乱窜。

老人指着怀有戒心的猫说："唉……它们都是被遗弃的小动物，刚收养它们的时候有的还带着伤……它们大小也是一个生命

呀！收养它们，也使我这个孤独的老头子有了伴儿，报上光说我救了它们，全没说它们还能给我解闷儿呢！"

林晶和唐豆豆把老人的话全记录下来。豆豆问老人："它们是我们的朋友啊！是谁把它们扔到大街上的？"

老人说："唉！这些小动物光鲜靓丽的时候谁都喜欢，把它们当朋友，一旦成了残疾，人们就不待见它们了，就把它们扔到了大街上……"

唐豆豆气愤地说："这种行为应当受到谴责！"

这时，里屋发出刷刷的声音，一只小花狗从里面跑出来，这只小狗的后腿受了伤，支撑后腿的是两个小铁轮。响声就是小铁轮发出来的。

豆豆怜爱地摸着小狗，小狗却径直朝林晶走来，亲吻着她的裤腿，并发出撒娇似的哼唧声。豆豆突然叫起来："林晶，这只小狗跟你家走失的小花很像啊！只是它受了伤，小花却是完好无缺的。哈！它跟你还挺亲的呢！"

"是……挺像的……"林晶的样子十分窘迫。

老人喃喃地说："那是五个月前的一个晚上，我去倒垃圾，黑影中发现垃圾桶边有个跟你们一般大的女孩子，丢下个提包

匆匆地走了。那提包在动，我喊那孩子，那孩子却没理我。我打开提包一看，包里装着这只受伤的小狗和几片面包。所幸的是，小狗的伤痊愈了，只是成了残疾。我见它总是拖着后腿往前蹭，实在可怜，请人给它装配了两个小轮……"

突然，林晶抽泣起来："老爷爷，您别说了……"

豆豆说："哭什么？你们女孩子就是爱哭鼻子！"

林晶忏悔地说："老爷爷说的那女孩儿就是我呀！我把小花扔了后，可后悔呢！我不敢到老爷爷这里来认领。爷爷，您能让我把小花领走吗？"

"那不成！"老人板着面孔说，"我知道你啥时候不喜欢了，又把它丢弃呀！"

"爷爷，给我一次悔过的机会吧！"林晶泪如雨下。

豆豆也央求说："相信她吧！她不像我是淘气包，她是大队委……"

"我信——"老爷爷笑了，"还给你，但今天不行，三天以后！"

林晶问："为什么？"

老人说："我还没有跟小花亲够呢！"

请小读者 回答

老爷爷怎样让后腿受伤的小狗又能够走路的？

答案：

老爷爷给小狗的后腿装了两个小轮，小狗就又能够走路了。

Y enanhaier he xiao gou baoluo
"野男孩儿"和小狗保罗

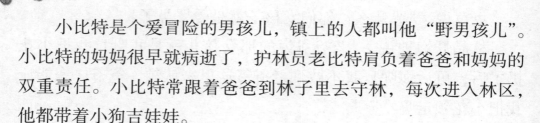

　　小比特是个爱冒险的男孩儿，镇上的人都叫他"野男孩儿"。小比特的妈妈很早就病逝了，护林员老比特肩负着爸爸和妈妈的双重责任。小比特常跟着爸爸到林子里去守林，每次进入林区，他都带着小狗吉娃娃。

　　寒冷的冬天到了，小比特又带着吉娃娃跟爸爸来到林中小屋，小屋坐落在白皑皑的雪山下，白雪给树冠戴上一顶顶雪帽子，好看极了。

　　这天，老比特到林中巡视，留小比特守护小屋。小比特等老爸走后，立即扛着滑雪板和雪杖，带着吉娃娃走出了小屋，他要到后山去滑雪。

　　小比特步履蹒跚地爬上一座小丘，累得他大口大口地喘着气。小比特踏上滑雪板，腰一躬，手中的滑雪杖往雪地上一撑，他像犀利的闪电离开了小丘。吉娃娃紧随其后向山下冲去。吉娃娃连滚带爬地冲在小比特前面，宛如滚动的雪球。来到山丘下，小比特长长地舒了一口气。

　　"汪汪！汪汪汪！"不远处传来吉娃娃示警的吼叫声。回应的是断断续续的狗叫声，与其说是狗叫声，不如说是痛苦的呻吟。

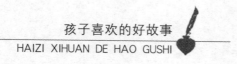

　　小比特卸掉滑雪板，向发出叫声的地方走去。雪窝里卧着一只冻得瑟瑟发抖、可怜兮兮的小狗。它是离家走失了，还是只小弃狗？小比特搞不清楚。他抱起那小狗，怜爱地说："宝贝儿！在这里你会冻死的！"

　　小比特背上滑雪板和雪杖，抱起冻饿将死的小狗往家走去。吉娃娃在后面发出不友好的吼叫，它不愿意小主人收留落难狗，分享主人对它的宠爱。

　　回到小屋，小比特冲了些奶粉喂落难小狗吃，又给它吃了两块乳牛肉，落难狗身上才恢复了些体力。在小比特喂落难狗的时候，吉娃娃一直妒忌地卧在一旁看着，它知道，自己将丧失小主人的专宠。

　　小比特的爸爸带着一身寒气回来了，惊讶地问："从哪儿弄来的小狗崽？"

　　"在雪地里，它还是纯种的牧羊犬呢！"小比特说。

　　"这么小就被它妈妈逐出家门了！它是只刚断奶的小野狗，放它走吧！"

老比特判断得不错，处在哺乳期的雌野狗奶水不够，常将稍大的小狗逐出家门，以保障其他小狗活下来。落难狗如不遇见小比特必死无疑。

小比特哀求爸爸："这么小的狗在冰天雪地里会冻死的，留下它吧！"

"我们必须节省口粮，这些粮食得吃到下一班人来换班的时候！"老比特终于不再反对收留落难狗。

"您同意留下它啦？您真是个好爸爸！"小比特高兴地扑上去搂住爸爸的脖子，吻了一下爸爸长满胡碴儿的脸。他回过头来望着落难狗，说，"给它起个名字吧，不能总叫它落难狗呀！我看，就叫它保罗吧！"

就这样，落难狗有了自己的名字。保罗在林中小屋里度过了难耐的寒冬。保罗在老比特父子的悉心照料下，身体很快康复了，还长大了一些。

吉娃娃和保罗相处得不太和睦，吉娃娃仗着比保罗大一岁，个头儿大一点，常欺负保罗，有时竟从保罗的口中夺食。保罗很本分，它觉得自己本是落难狗，是吉娃娃和小主人把他救回来的，凡事总让着吉娃娃。

一个地方总有待腻了的时候，好不容易才熬到下一班护林员来换班的时节，小比特期盼着早点儿回小镇上的家，那里有他的伙伴，也有他的欢乐。尽管他觉得林中的生活已索然寡味，镇上的伙伴毕竟没有亲身体验，他想早点儿回到镇上，向小伙伴炫耀在林中各种他们不知道的事。小比特有这种本领，他能把很平淡的经历吹得神乎其神。

不知为什么，换班的护林员竟没如期到来，没人接班，老比特是不能离岗的，他和儿子不得不在林中小屋里再待一天。老比特倒没什么，小比特的心情却坏到了极点，一天到晚，一句话也不说。

天气跟小比特的心情一样坏，到了晚上刮起了大风，山上已消融的冰雪发出嘎嘎的响声，小比特和爸爸进入了梦乡。吉娃娃卧在小比特的床头蜷缩着身子睡了。心绪不宁的保罗总觉得有什么事要发生，跳上木椅望着窗外嘎嘎响的雪山，发出不安的叫声："汪！汪汪汪！"

老比特吼道："叫什么？睡觉去！"

保罗依然狂叫不止，它从木椅上跳下来，跑到床边用嘴巴扯住小比特的被角，硬把被子拽到了地上。无奈，小比特睡得太死了，竟没醒来，保罗不得不扯掉老比特的被子。生气的老比特翻身下床要打保罗。

突然，屋外的雪山发出隆隆的响声，老比特大吃一惊，过去，从没发生过这种可怕的声音。老比特伏窗向外面眺望，一条雪龙从山上向林中小屋压来！雪龙前面有无数碎石向着小屋奔腾袭来！原来，保罗发出不安的鸣叫，是向主人示警。老比特惊骇地喊道："雪崩！小比特，快起！"

话音未落，几块巨石击碎了所有的玻璃，一块石头竟从窗口

飞进来，将后山墙击穿，形成一个大洞。

保罗像黑色闪电似的从那个洞冲出去。保罗的举动启发了老比特，他扑在儿子的床上，抱住儿子，也想从那个洞跑出去。谁知，那条雪龙已经进抵小屋，几千吨的冰雪压迫得小屋的墙壁发出嘎嘎的断裂声，房体扭曲，后山墙被击穿的洞由于扭曲而变小。老比特知道，想从洞口出去已不可能了。一块石头砸在老比特头上，头顶流出了黏糊糊的液体。老比特觉得头昏脑涨。做父亲的本能驱使他用尽全身力气抱住小比特和吉娃娃就势一滚，父子俩和小狗一起滚到两张床之间的空隙里。

"轰隆隆！"林中小屋倒塌了，屋脊压下来，幸亏有两张木床支撑，不然，父子俩和吉娃娃定会被沉重的屋脊砸死。小比特从梦中惊醒，他不知发生了什么事，惊愕地搂住爸爸问："怎么啦？是打仗了吗？"

老比特头上的伤口在流血，他说："发生了雪崩，小屋被雪掩埋了！"

"我们怎么办？"小比特从来没遇到过这种事情。

"别怕！"老比特受重伤的头颅像炸裂了似的疼痛，如果身边有手机就好了，他可以摸黑用手机与镇上联系，睡前他把手机放在了桌上，此时他无计可施。作为父亲，他不能有惊慌的表现，他对儿子说："重要的是保存体力……不知道我们要在这里待多久，我们只能在这里等待救援。"

小比特听出爸爸话里的无奈，他绝望地哭了："呜呜……要是昨天离开这里，也不会遇到这样的事！看来，我们死定了……"

老比特抚摸着儿子的头，说："不许哭……我的儿子不是孬种！"

"汪汪……汪汪！"父子俩的脚后传来吉娃娃的叫声。

"是吉娃娃在叫！保罗呢？"小比特焦急地问爸爸。

爸爸说："开始保罗不停地叫……它早预感到这场灾难要发生……可惜，没引起我的注意。当房子的后山墙被石头击穿时，它逃了出去。"

小比特喃喃地说："希望保罗命大，能够逃过这场劫难！"

"很难说……雪崩发生时生灵很难幸免……"老比特希望天亮后那位值班员能来接班，只要他来就能向镇上报告灾情，他们才有可能获救。

一滴液体滴在小比特的脸上，是热的。小比特抽出手擦了一把，他惊诧地问："爸爸……您哭啦？不……是血……您受伤啦？"

"孩子……不论发生什么事情，你都要坚强地活下去，如果……爸爸不在了……"老比特头上的伤口汩汩地淌着血，说这话时，老比特的心也在淌血。他紧紧地抱住儿子，仿佛怕失去儿子似的。

"不！我不离开爸爸！"小比特紧紧地抱着爸爸，"您是最好的爸爸！"

"孩子……睡吧，睡吧……"

小比特觉得爸爸说话的声音越来越微弱，体温越来越凉。

这个汉子的声音就像一位慈母给沉睡的婴儿唱的催眠曲……

在睡梦中，小比特梦见了妈妈，小比特发出含糊的呓语："妈妈……"他对"妈妈"这个字眼儿太生疏了。他梦见保罗找到了遗弃它的狗妈妈，保罗向着狗妈妈跑去。他伸手惊叫起来："保罗！你不要我啦……"

他的手竟触到了爸爸冰冷的躯体，他吓醒了，捅了捅爸爸，爸爸没有动静，他惊慌地喊道："爸爸……不要这样……我怕！"小比特预感到厄运已经降临到他头上，吓得他哇哇大哭。小比特想起爸爸的话："孩子……不论发生了什么事情，你都要坚强地活下去！"吉娃娃挣扎着向小比特身边凑来，他把吉娃娃紧紧抱在怀里，小狗给了他些许的温暖。小比特说："保罗在多好啊！那样会更暖和些！保罗，你在哪儿呢？"

小狗保罗从后窗户逃出后，身后"轰隆隆"一声巨响，它回头看见小屋倒塌了。无情的雪龙从小屋两边压过来，小屋废墟成了阻挡雪龙的中流砥柱，使雪龙分流，中间形成一条深

深的沟，这为保罗逃生赢得了时间。保罗与迅速合拢的雪龙展开了赛跑，它终于逃脱了雪龙的追逐。

保罗没去过镇上小比特的家，更不知道到镇上去报告灾情。天亮了，一支滑雪搜救巡逻队在雪原上巡视，队员们撑着雪杖像燕子一样风驰电掣般地飞奔而来。保罗兴奋地发出求救的叫声："汪汪！汪汪汪——"

一个队员向队长报告："前边有只落荒的小狗，它好像遇到了什么麻烦！"

队员们停止前进，打量着这只小狗，想从它脸上知道发生了什么事。

保罗只会向搜救队员绝望地鸣叫，它见搜救队员们围着它，谁也不动，急得它用嘴咬住一个搜救队员的裤脚。搜救队队长说："附近可能有遇难者，让小狗在前面带路，我们跟着它！"

被咬住裤脚的队员用雪杖指指前方，让保罗带路。保罗居然看懂了，小比特也常用这种方法让它带路。小狗保罗返身向已失去淫威的雪龙跑去。搜救队员们撑着滑雪板在后面跟着它。

搜救队长展开地图说："弟兄们！前方山脚下应该有座林中小屋！现在不见了踪影，树木的植株被埋了半截儿，昨天晚上这里显然发生过雪崩。喏——那雪龙沟中的脚印是小狗逃出时踏出的足迹，遇险的人一定在那个方向！必须调重型机械来参加搜救！"他掏出手机，拨通了搜救基地的电话，请求基地给予空中支援和重型机械支援。

不久，天空响起直升机隆隆的响声，开阔地上开来了两台推土机。扣人心弦的搜救行动开始了。小狗保罗跑到推土机前面，朝着被掩埋的小屋方向发出凄切的鸣叫，它跑到哪里，推土机就把那里的积雪推掉。直升机在空中盘旋了几圈，直升机上的搜救队员用红外线探测仪准确地探出遇险者的位置，向被掩埋的小屋方位抛下一个鲜艳的红球，给推土机指示方位。这样，就不用保罗在前方指示方向了，队长命令一个搜救队员跑过去，把保罗抱了回来。

镇医院的救护车赶到了现场，医生和护士从车上跳下来，随时准备冲进去抢救遇险者。镇上的村民闻讯赶到了，大家不安地望着抢救现场。

那个没按时接班的值班员带着哭腔对大胡子镇长说："都是我不好，镇长……遭受不幸的该是我呀！老比特还带着一个未成年的孩子呢！"

镇长说："这事发生在谁身上都很不幸，要忏悔你向上帝忏悔去！"

小镇的大人和孩子都惊慌地喊道："老

比特！小比特！你们在哪里？"

"请大家肃静！你们这样大声喧哗，不利于搜救工作进行！"搜救队长回过身来对大家说。人群立即肃静下来，静观事态发展。

两台推土机轮番作业，把积雪推向两旁，推土机所到之处，出现了一条深深的雪巷。时间一分一秒地过去，镇长不安地问搜救队长："老比特父子怎么样了？时间这样久了，不知会不会有什么意外……"

"您的提示很及时！"搜救队长知道，时间越久，被困在雪中的遇难者越有可能因为缺氧窒息而死。他立即用手机同直升机联系："请求空中支援，001！请你向林中小屋实施输气作业！注意，不要伤及遇险者！"

手机里传来空中搜救队员的回复："001明白！立即实施！"

直升机降低飞行高度，从机舱腹部伸出一根长长的管状充气钻头，空中搜救队员从红外线监测显示屏上看到小屋里有一个大人、一个小孩和一只小狗的躯体轮廓，他操纵着充气钻头躲过人和小狗。钻头喷出强大的气流，气流把积雪吹开，管状钻头渐渐伸进厚厚的积雪里。突然，管状钻头抵住了硬物，那是林中小屋的屋脊，这种钻头能冲开积雪，却不能钻透屋脊。空中搜救队员立即向队长报告："报告！钻头碰到硬物！"

"继续用强气流冲击！确保输气成功！"队长用手机指示空中搜救队员。搜救队长看看手表，对镇长说："发生雪崩到现在最少过去12小时了，应该给遇险者送些营养品，这对于遇险者

保存生命力是至关重要的。"

镇长不解地问："怎么送呢？他们都被埋在雪中呀！"

"当然不是让人去送！"搜救队长向一个队员下达命令，"立即启用机器穿山甲！给受难者送去几袋袋装牛奶！"

那个队员把几袋牛奶放进伏在地上的机器穿山甲的嘴里，启动了手中的遥控器，机器穿山甲立即穿过推土机推出的雪巷，钻进雪墙。它的身后留下一个雪洞。谁知，过了一会儿，它又返回来了，嘴里仍然叼着那几袋奶。这是怎么回事呢？原来，机器穿山甲抵达小屋的废墟后，被倒塌的后山墙挡住，它的体积太大了，没办法钻进那个变形的破洞。

队长不安地说："糟糕！送奶行动失败了！"

小狗保罗突然挣脱了抱着它的搜救队员的双手，从机器穿山甲的嘴里抢过一袋牛奶，窜向被机器穿山甲钻出的雪洞！

谁也没想到保罗会这样做，队长气急败坏地向抱着保罗的队员吼道："你为什么不抱紧它？要是雪洞塌了，它会白白送命的！"那个搜救队员负疚地嗫嚅着。

过了一会儿，保罗回来了，它的嘴里叼着的那袋奶不见了。它身后跟着吉娃娃狗。这说明，它把奶送到了目的地。

搜救队员们兴奋不已，这说明被掩埋的小屋里可能还有幸存者！搜救的推土机加快了掘进速度。搜救的人不知道老比特已经遇难，镇长不安地问搜救队长："老比特父子为什么没爬出来呢？"

"不清楚……"队长安慰镇长，也是安慰搜救队员们，他说，"也许因为空隙太小……也许他们的身体被什么重物压迫着，行动不便……"

小比特守着爸爸冰冷的尸体，在狭小的空间里蜷缩着，连个翻身的空间都没有，时间久了，他感到身体僵硬发麻。他紧紧把吉娃娃抱在怀里，吉娃娃不时用舌头舔舔小主人的手，用自己的体温给小主人取暖。

小比特想起爸爸的话，要尽量保存体力，他昏沉沉地睡了过去……

不知过了多久，吉娃娃的哀鸣惊醒了小比特，他感到胸部憋闷，头脑发胀。他不知道，这是极度缺氧所致。吉娃娃绝望地用嘴撕咬小比特胸前的衣服。小比特喘着气拍着吉娃娃说："别怕……有我在……"小比特眼冒金星，眼前出现绚丽的幻象，死神一步步向他逼来……

他朦胧地觉得头上发出隆隆的响声，一丝雪花飘洒在他的脸上。那是空中搜救队员在向小屋废墟实施输气作业。突然头顶上飘来一丝清新的空气，小比特和吉娃娃深深地吸了一口气，小比特竟惬意地昏迷过去……

突然，旁边沙沙的响声再次惊醒了小比特，一只毛茸茸的爪在抚摸他的脸，他顺手抓住那只爪，惊喜地叫起来："保罗！是保罗！"

保罗把那袋牛奶放在小主人脸上，小比特激动地搂住保罗，用嘴将奶袋咬破，喝了半袋，他把盛奶的袋子凑到爸爸嘴边，老

比特一点反应也没有。小比特根本不相信爸爸已经遇难，他摇摇头说："爸爸睡得比我还死！"他把剩下的奶让吉娃娃喝了。

保罗送来的奶给小比特和吉娃娃狗的身体里注入了活力，小比特对两只小狗说："吉娃娃，快跟保罗离开这里！让镇上的人来救我们！"两只小狗依依不舍地离开小主人，钻过废墟的缝隙，从雪洞钻了出去……

搜救的人们终于在雪巷尽头看到了那座已经倒塌的林中小屋。搜救队员们冲上去，小心翼翼地挖掘着瓦砾和碎石，用切割机切割着妨碍他们搜救工作的残垣断壁，那压在两张木床上的屋脊终于被搬开了。

一道耀眼的光芒射到小比特的脸上，小狗保罗第一个冲到小主人的身上，用自己毛茸茸的嘴亲吻小主人。小比特终于重见天日，又看到了令他目眩神迷的世界。他结束了雪窟中十几个小时的磨难，这十几个小时，对他来说，比一个世纪都漫长。他经历了一次难忘的死亡体验。

搜救队长见小比特直揾眼睛，连忙命令道："快给他戴上墨镜！不然，他会得雪盲！"一个队员将一副不相称的宽边墨镜给小比特戴上。

小比特和老比特被抬上担架，送上救护车，车子迅速驶离了林中小屋废墟。保罗和吉娃娃跟在汽车腾起的雪尘后面，紧追不舍……

三天后，小镇的村民和搜救队员们在森林边缘为老比特举行

了隆重的葬礼，墓地前的墓碑上写着这样一句碑文：

墓穴中沉睡着一位尽职的护林员，一位平凡而又伟大的父亲。

小比特沉痛地肃立在墓前，他突然转过身来扑在搜救队长身上，哭着说："叔叔，我和保罗都要参加搜救队，我们都无家可归了。"

"孩子，我们留下小狗保罗，它一定会成为出色的搜救犬。"队长轻轻抚摸着小比特的头说，"你太小了，你要去上学，学本领，等你长大了，再回来当搜救队员，叔叔们等着你！我想，这也是你爸爸生前的希望。"

小比特要被送到遥远的城里学校去上学，他坐上了镇里派的吉普车。

吉娃娃和小狗保罗蹲在路边，依依不舍地望着渐渐远去的吉普车。

吉娃娃狗被镇长和他的儿子收留，继续充当宠物。小狗保罗

被搜救队长收留，它在后来的搜救行动中屡建功勋，成为一名出色的搜救犬……

请小读者 回答

雪崩发生后，是谁将老比特父子遇险的消息报告给搜救队的？

答案：

是小狗保罗将老比特父子遇险的消息报告给搜救队的。

童话故事

TONGHUA GUSHI

T uboshu zaowu

土拨鼠造屋

土拨鼠生活在浩瀚的戈壁滩的边缘，他是沙漠中最出色的建筑师，茫茫的沙漠边上，到处都有土拨鼠造的房子。

房子多了，自己住不了，土拨鼠就把多余的房子出租给沙漠中的其他生灵。所以，土拨鼠是大戈壁中有名的房产主。

租赁房屋的风波

小沙鼠是土拨鼠的房客，土拨鼠要的租金公道，小沙鼠特别爱租土拨鼠的房子。

这天，小麻雀姐妹来到了沙漠的边缘，她们在家乡的时候是住在屋檐下巢中的，当她们来到沙漠边缘时，这里没有高大的房屋可以造巢，也没有高大的树木可以栖息，她们发愁了。

正好碰上了外出的小沙鼠，小麻雀姐姐上前问小沙鼠："请问先生，什么地方可以租到房子？"

"请不要叫我先生，那样我会感觉到自己日益衰老，如果小姐们愿意，就叫我沙鼠哥吧！"小沙鼠的嘴很甜，说得小麻雀姐妹心里热乎乎的，他沉吟片刻说，"你们想租房子？戈壁滩上哪

里来的房子呀？如果你们愿意的话，我倒是可以把自己住的地宫中多余的两间租给你们，价钱嘛……好商量，你们一个月只需要付给我四枚硬币！"

"这地宫是您的吗？"小麻雀姐姐问。

"这……"小沙鼠卡壳了，他不敢说谎，"是土拨鼠先生造的，我……我不过是他的房客。"

"哟——瞧你这嘴怪甜的，让我们叫你哥哥，你还想当'二房东'呀！"麻雀妹妹不干了，叫喊起来，"哥哥怎么能赚妹妹的钱呢？"

土拨鼠闻声赶来，问小沙鼠："发生了什么事情？"

麻雀姐姐把争吵的原因讲了一遍。

土拨鼠说："小沙鼠兄弟，你这样做对吗？我租给你房子是让你住的，可不是让你转手赚钱的呀！"

小沙鼠害羞地把头低到了臂弯里。

麻雀妹妹问道："土拨鼠先生，您可以直接租给我们房子吗？"

"当然可以！"土拨鼠说。

"我们要租两间地宫。"麻雀姐姐问，"要付多少房租？"

土拨鼠说："一间屋一个月只收一枚硬币！"

"土拨鼠先生真是一位厚道的先生。"麻雀妹妹指着小沙鼠说，"他把租来的房子转租给我们要收四枚硬币呢！"

"你怎么这样做事呢？"土拨鼠指责小沙鼠说。

小沙鼠哑口无言。

"是先付房租呢？还是后付？"麻雀姐姐问。

土拨鼠说："小沙鼠每月都是后付房租的，咱们照老规矩办吧！"

就这样，麻雀姐妹住进了向土拨鼠租赁的地宫。

沙鼠望着她们的背影，悻悻地说："咳——我怎么就没有生财之道呢？"

天有不测风云

小麻雀住进了土拨鼠的地宫，地宫里又干燥又通风，她们生活得十分惬意，与土拨鼠和小沙鼠相处得十分融洽。

天有不测风云。

一天，朔风怒吼，天上黄云漫卷，吓得小麻雀姐妹缩进了地宫，不敢出门，她们不知道将有什么灾祸降临，姐妹俩拥抱在一起瑟瑟发抖。

突然，桌上的电话铃响了起来："铃——铃——"

这种时候，谁还会打来电话呢？小麻雀姐妹你看看我，我看看你，最后，还是姐姐壮着胆儿走过去拿起电话："喂……是谁呀？"

电话里传来土拨鼠和小沙鼠急促的喊声，他们俩是使用移动电话来跟麻雀小姐妹通话的。

土拨鼠喊道："你们为什么还钻在房子里，太危险了！"

小沙鼠也喊道："大沙魔要来了，他要把我们这一带吞没的！快出来，不然你们就要葬身在大沙魔搬来的沙丘之中了！"

"谢谢！谢谢你们！"姐妹俩扔下电话机，拎起自己的小包，互相搀扶着冲出了地宫，找到了土拨鼠和小沙鼠。

麻雀妹妹问："土拨鼠先生，大沙魔是谁？他为什么这样坏？"

土拨鼠说："来不及细说了，你们看，他来了！一会儿这里就会被他吞没的。快跑！"

小麻雀妹妹回头一看，远处的天边雾气弥漫，一头没有固定形状的怪兽发出阵阵咆哮："啊——呜——我要吃掉你们！哈哈哈！"他就是大沙魔，他所过之处，沙丘被搬了家，地上的怪石、小山统统被埋在了地下！

小麻雀姐妹"扑棱棱"飞上了天空，小沙鼠和土拨鼠撒开腿就跑。

大沙魔在后面拼命地追赶："哈哈哈！我要吃掉

你们！哈哈哈……"

不知道跑了多久，他们终于把大沙魔甩在了后面。

土拨鼠坐在了一棵沙柳丛边上大口大口地喘着气，小沙鼠一下子躺在了沙土地上，小麻雀姐妹惊魂未定。

土拨鼠突然放声大哭："家……我的家没有了，那是我半生劳动的产业呀！"

"哎——土拨鼠先生，这个月我可没有住够一个月，本月的房租我不能付给你！"小沙鼠冷冷地说，他的话对于遭受打击的土拨鼠来说无疑是雪上加霜。

"这是什么话？"小麻雀姐妹刚才还挺感激小沙鼠和土拨鼠的救命之恩，没想到，刚有一线生机，小沙鼠就想到了钱的问题，小麻雀妹妹嘟囔着说，"俗气！"

"什么？我俗气？你们高雅！"小沙鼠负气地从沙土地上坐起，"你们走你们的阳关道，我走我的独木桥！我走了！"

土拨鼠说："别，别走啊！咱们在一起，共渡难关吧！"

"笑话！不走，在这里吃什么？住什么？"小沙鼠执意要走，土拨鼠苦留不住，只好由着他去了。

土拨鼠造屋

小沙鼠走了，土拨鼠很难过，他对小麻雀说："你们也走吧，快快逃命去吧！"

"那你呢？"小麻雀姐姐问。

"我哪儿也不想去，离开了这块土地，我哪儿也无法生存，我还要继续在这里造屋！"

小麻雀姐姐从包里取出四枚硬币说："土拨鼠先生，这两枚硬币是我们姐妹俩的房租，这两枚硬币是替小沙鼠交的房租，收下吧！"

土拨鼠哭了："不……家都没有了，要钱有什么用呢？你们留下在路上用吧！"

小麻雀妹妹说："姐姐，咱们不能走，应该帮助土拨鼠先生造屋！"

"可是，咱们什么也不会干呀！"小麻雀姐姐说。

小麻雀妹妹说："刚才咱们逃跑的时候，我发现大沙魔不是不可抗拒的，它走到有树、有草的地方，他携带的黄沙就被留在了那里，大沙魔的劲头也就小了许多。咱们不会造屋，难道还不会帮助土拨鼠先生种树、种草吗？树长高了，草连成了片，大沙魔就被制服了！"

土拨鼠一听，高兴得从地上跳了起来："对呀！小妹妹，我在戈壁滩住了这么久，只知道傻造屋，怎么就没有想起来种树、植草固沙呢？"

小麻雀姐妹决定留在戈壁滩，土拨鼠造屋，她们帮助土拨鼠种树、植草。土拨鼠可高兴了。

小麻雀姐姐对土拨鼠说："土拨鼠先生，我们暂时飞到很远

很远的地方去，不久就会回来的！"

　　土拨鼠有些失落地说："你们……不是不走了吗？"

　　"土拨鼠先生，只靠戈壁滩上这点沙柳、小草是缚不住大沙魔的，我们必须到很远很远的地方去买树种和花草的种子，相信我们，很快就会回来的！"

　　"我相信！一路保重！"土拨鼠千叮咛，万嘱咐。

　　小麻雀姐妹飞走了，土拨鼠又开始了无休无止的造屋的劳作，这是一场生与死的较量，是生灵与大沙魔顽强的抗争！

　　一天天过去了，春天来了，天上阴沉沉的，劳累了半天的土拨鼠躺在沙丘上小憩。他想，小麻雀姐妹怎么还不回来呢……也许路太远，路上会不会出什么事情呢？啊，不会，她们一定会回来的。

　　天上下起了淅淅沥沥的雨，土拨鼠沐浴着春雨，舒坦极了。

　　突然，远处的天空传来了小鸟啁啾的鸣叫，叫声是那么亲切、那么熟悉，啊——是麻雀小姐妹背着好多树种和草籽回来了。

　　土拨鼠从沙丘上跃起："小麻雀！小麻雀！"

　　"我们回来啦！"风尘仆仆的小麻雀落在土拨鼠面前。

"我……真想你们啊！"土拨鼠眼里噙着泪花，"你们休息休息！"

"不，春雨知时节，戈壁滩上难得有这样的好雨，我们立即把树种和草子播撒在你造的地宫周围，它们很快就会生长出来的！"

"好的！"土拨鼠和小麻雀姐妹冒着蒙蒙细雨，把草籽和树种播撒在地里……

不久，草籽和树种萌发了，拱出了沙土，很快，这一带变成了一块小小的绿洲。

万恶的大沙魔躲在大戈壁的深处，望见了这里发生的一切，他气得要死，几次进犯小小的绿洲。当大沙魔的魔爪一伸进绿洲的边缘，就被茂密的小树和小草缚住了手脚。大沙魔不得不退往大戈壁的深处。

土拨鼠的地宫完全落成了，他把地宫修成了花园式的别墅，在一个个地宫的出口处都筑了美丽的花坛。

土拨鼠和小麻雀姐妹共同商定，选一个日子举办花园式别墅落成的消夏晚会。

绿洲之夜

7月15日这一天的晚上，土拨鼠和小麻雀姐妹在别墅门口的石桌上共进晚餐，庆祝花园式别墅的落成。

　　小麻雀姐姐说："别墅的建成，土拨鼠哥哥最辛苦，我敬您一杯！"

　　小麻雀妹妹说："可不是嘛！我也敬土拨鼠哥哥一杯！"

　　"别这么说！"土拨鼠先生说，"是谁制服了大沙魔？是谁造成了花园式别墅周围的小绿洲？是你们小姐妹俩！你们植树种草，功不可没！"

　　"我们将永远住在这里了。"麻雀姐姐说，"房租怎么付给土拨鼠哥哥？"

　　土拨鼠不高兴了："什么话？这里的一切都是属于咱们大家的！"

　　突然，花丛中有人在哭。

　　"谁？"土拨鼠站起来。

　　草丛中走出来一个衣衫褴褛的小东西。

　　"呀！是小沙鼠！"小麻雀妹妹惊讶地叫起来，"你怎么搞成了这个样子？"

　　小沙鼠说："我浪迹天涯，居无定所，始终没有找到适合自己干的事情，又身无分文，只好回来了！你们能收留我吗？"

　　"怎么不能？"

土拨鼠爽快地说，"我早就说过，你是不该走的！瞧，咱们这里现在变成小绿洲了。将来，咱们还要造更大的绿洲，建更多的花园式别墅。来，小沙鼠兄弟，咱们干一杯！"

愧疚的小沙鼠坐在了石桌旁。

小麻雀姐姐为他斟了一杯酒。

小沙鼠端起酒杯，一口气喝了下去，他身上觉得暖暖的。啊——酒还是家乡的美，土还是故乡的热。小沙鼠决定留下来。

宴会上，谁也没有跟小沙鼠说起房租的事，当然啦，囊中羞涩的小沙鼠更没有资格，也没有勇气提起房租的事。

土拨鼠说："如果小沙鼠兄弟不嫌弃，先让他跟我一起住吧！等他熟悉了这里的情况再分给他一套新的居室！"

小沙鼠流出了热泪，他的泪是真诚的。

家乡的月亮真圆真亮呀！

请小读者 回答

大沙魔吞没土拨鼠的家园后，他要重建家园，小麻雀姐妹干了些什么？

答案：

　　小麻雀到很远的地方买回来树种、草籽，她们在土拨鼠建成的洞穴周围种树、植草，把这一带建成了小小的绿洲。

两只蝴蝶

Liangzhi hudie

  凤尾蝶认为自己是世界上最美丽的蝴蝶，他扇动着五彩斑斓的翅膀飞到一个花坛边，落在一根花茎上。一只枯叶蝶正栖息在花枝上，一动不动。凤蝶忍不住耻笑他说："像你这么难看的蝴蝶怎么配在这里休息？"

  枯叶蝶冷静地说："我在哪里休息，难道还需要得到您的批准吗？"

  凤蝶被驳得张口结舌，他连忙改变了口吻说："我是为你好。你这样懒，一动也不动，遇到天敌，怎么活命呀？"

  枯叶蝶平静地说："每一种昆虫在险象横生的世界里能够生存、繁衍下来，都是生存的高手。请你不要为我的生存而发愁，还是看看你的身后，有一只螳螂正在逼近你！"

  凤尾蝶回头一看，他吓坏了，枯叶蝶没有骗他，他身后果然有一只螳螂正举着锯齿大刀，要向他下手！凤尾蝶连忙展开

翅膀，飞向了空中，他终于脱离了危险。凤尾蝶一边飞，一边纳闷儿地想，那只枯叶蝶为什么不飞走呢？他也许已经成为螳螂口中的早餐了！要不是那只枯叶蝶，死的应该是我，我应该回去看看，如果他真的死了，我应该向他表示我的哀悼……

这样想着，凤尾蝶又飞回了花坛，他却怎么也没有发现那只枯叶蝶，他不胜惋惜地说："完了！他一定是完了！"

"你说谁完了呀？"在花坛的更隐秘处，一根花蔓上的枝丫处，有一片"枯叶"，竟然发出"咯咯"的笑声。这片枯叶不正是那只枯叶蝶吗？

原来，在螳螂袭击凤尾蝶的一刹那，枯叶蝶只是悄悄地换了一个更隐蔽的花蔓栖身，如果他一动不动，宛如一片枯叶，谁也看不出他是一只蝴蝶。枯叶蝶用这种办法逃脱了一场劫难。

请小读者 回答

枯叶蝶用什么办法躲开了螳螂的追捕？

答案：

枯叶蝶落在叶子上一动不动，乔装成一片枯叶，躲过了螳螂的追捕。生物学中，把动物的这种本领叫"拟态"。

Liangge guowang

两个国王

老国王年龄大了，他有两个王子，他不想让儿子们为继承王位争得你死我活。于是，他把国家分为北国和南国，让大王子当了南国的国王，小王子当了北国的国王。分配完毕，老国王安心地闭上了眼睛，所有的大臣都说国王圣明。

大王子当了南国国王，总想干出个样儿来，在政绩上超过父王。一天，建筑大臣向他汇报说："老老国王住过的行宫有些破旧了。"

南国国王立即发布圣旨说："拆掉我爷爷住过的行宫，盖新的。"

于是，南国开始大兴土木，拆掉了老老国王住过的行宫，在原宫殿遗址上盖了一处金碧辉煌的宫殿。

过了些日子，建筑大臣又向南国国王汇报说："老国王陛下住过的行宫已经过时了。"

南国的国王说："我能当上南国国王全靠父王，我要让父王住过的行宫跟上潮流。"他让工匠们把父王住过的行宫拆掉，盖了一座符合新潮流的现代宫殿。

一天，建筑大臣又说："陛下住的宫殿已经落伍了……"

于是，南国又大兴土木。

自从大王子当上南国国王后，全国天天拆旧宫，日日盖新殿，弄得南国的人民穷困潦倒，苦不堪言。大臣们都夸国王是个有魄力、有干劲儿、有政绩的君王。南国国

王很得意，他想："这下我要名留青史了。弟弟这些年杳无音讯，我应该到北国去看看他在做些什么？"于是，他来到北国访问。

越过国境后，他发现北国的百姓都安居乐业，过着富足丰盈的日子。北国的国王来欢迎哥哥，他对哥哥说："欢迎王兄前来做客。爷爷和父王曾住过的行宫和我的宫殿，你住在哪里都行，随你挑！"

哥哥跟着弟弟到老老国王和老国王住过的行宫看了看，竟然还是当年的老样子，宫里的雕梁画栋都已经很旧了。哥哥斥责弟弟说："你对爷爷和父王住过的行宫是怎么管理的？你忘记先王的恩典了吗？你看我，把爷爷和父王住过的行宫全都重新盖过了。"

"啊？重新盖过，那还是爷爷和父王住过的行宫吗？"弟弟不理解地问。

哥哥摇着头说："反正我不能住在这两座旧宫里，我要住你现在住的宫殿。"

弟弟只好请哥哥前往他住的宫殿。谁知，北国国王的宫殿就是原来他住过的王子行宫。哥哥诧异地问弟弟："这也算国王住的地方吗？你当了国王都干了些什么？当君王的可不要无所事事呀！总要给后人留下点什么。"

弟弟听了哥哥的话也很诧异，他问："当国王就只有盖宫殿一件事可做吗？"

哥哥住得很不开心，没过几天，他就匆匆离开了北国，回到了自己的国家……

从此，弟兄俩互不往来。过了许多年，南国和北国的国王都

死去了。谁知，青史留名的却不是哥哥，而是弟弟。

世界各国的人都愿意到弟弟治理的北国去旅游，那里除了有他住过的王宫，还有他的爷爷和父亲住过的行宫。那些行宫都被列在世界文化遗产的名录上，受到世人的保护。生前默默无闻的弟弟成为人人颂扬的明君。

而南国的宫殿都是新盖的，这样的宫殿世界上哪里都有，谁都不愿意到南国去，以至于长了蒿草。劳碌一生的南国国王很快被人遗忘了，历史学家偶尔想起他，评价他时都说他"好大喜功"。

请小读者 回答

后人为什么喜欢北国国王，而不喜欢南国国王？

答案：

　　因为北国国王体恤百姓，南国国王好大喜功，总爱干一些劳民伤财的工程，没有给子孙留下有价值的文化遗产。

曾倒在拳台上的冠军

在莽莽的林海中，小松鼠长得最小，总受人欺负。胖胖的小棕熊常常保护他，他俩成了形影不离的好朋友。

小棕熊爱上了拳击运动，他把一个沙袋吊在了大树上，天天练习打沙袋。

小棕熊是小松鼠心目中的英雄，他认为小熊哥在森林动物运动会上一定可以夺取拳击冠军。

没想到，在森林动物运动会上，小棕熊遇到了更强劲的对手，他被胖小猪的铁拳三下两下就击倒在拳台上。小棕熊两眼冒金星，再也爬不起来了！

小松鼠在台下拼命地喊叫："小熊哥，加油！小熊哥，快起来！快……"

裁判员长臂猿先生数了十个数字，小棕熊也没能爬起来。裁判员举起了胖小猪的手，判定他是最后的胜利者。

比赛结束了，小棕熊从拳台上挣扎着爬起来，拳击皮手套搭在他的肩上，灰溜溜地走回家去。小棕熊走路一瘸一拐的，他受伤了。

小松鼠同情地跟在小棕熊的后面，他不断地安慰小棕熊说：

"小熊哥，我想，您将来会取胜的！"

"可是，我受伤了！"小棕熊说，"伤得很重！我再也不想打拳了。真的！"

"我可以上山为你采药，为你治伤。"小松鼠真不希望他心目中的英雄小熊哥是个一打就爬不起来的软蛋，小松鼠上山了。

小松鼠爬过一道山，又越过一道梁，来到老松树爷爷的脚下，他问老松树："老爷爷，您有治跌打损伤的药吗？我想给小熊哥治伤，他被胖小猪打伤了！我想让他重新登上拳台。"

"孩子，我没有，不过，你可以到山洼里去采一种叫'尖尖瓶儿草'的药材，它是专门治跌打损伤的，可以治好小棕熊的伤。"老松树爷爷告诉小松鼠尖尖瓶儿草长的样子。

小松鼠谢过老松树爷爷，来到山洼里，采到了尖尖瓶儿草，他高高兴兴地来到小棕熊的家，熬好了药，给小棕熊敷在受伤的部位。在小松鼠的悉心照料下，小棕熊的伤很快就好了。

可是，小棕熊并没有立即恢复训练。小松鼠惴惴地问："小熊哥，你为什么不打拳呢？"

小棕熊躺在草地上，跷着二郎腿说："我不是打拳的料……"

小松鼠没有说话，他再次来到山里，来到老

松树面前，问道："老爷爷，我治好了小熊哥的伤，他怎么也不肯再练习打拳了，怎么办呢？"

"孩子，你只治好了小熊身体上的伤，可是，你没有治好他的心病！"老松树爷爷给小松鼠出了个主意，"你可以去找拳击冠军胖小猪……"

"谢谢爷爷！"小松鼠来到胖小猪家，对他说明来意，请胖小猪来到小棕熊的家。

"你来干什么？"小棕熊对曾经战胜过自己的对手显然不欢迎。

"来看看未来的拳击冠军呀！"胖小猪说。

"你是说看我吗？"小棕熊问。"我怎么能成为拳击冠军？请不要挖苦我！"

"我为什么要挖苦你呢？"胖小猪说，"你打拳的条件要比我强得多呢！只是，你出拳不得法，才被我击败了。朋友，你知道吗？我在取得拳击冠军之前，曾经被老拳王大袋鼠先生打倒过十一次呢！只要你不怕失败，树立信心，勤学苦练，有志者事竟成，让我们一起训练吧！我将把自己的招数全教给你！"

"什么？"小棕熊根本不相信自己的耳朵，"你教我？"

"这有什么？"胖小猪说，"我打拳还是上届冠军大袋鼠先生教的呢！他已经不打拳了，现在是我的教练，可是，我们能忘记他对拳击运动作出的贡献吗？"

清晨，太阳出来了。拳击手小棕熊和胖小猪在大树下用力地击打吊在树枝上的沙袋，不住地发出"嘿嘿"的喊喝声……

又一届森林动物运动会开始了。小棕熊和胖小猪在拳台上进行了激烈的搏斗。小松鼠站在大树上为两个拳击手鼓劲儿："小棕熊，加油！胖小猪，加油！"他希望两位优秀的拳击手谁也不要被打倒，最后产生两位冠军。

任何比赛都是充满激烈竞争的，而胜利者只有一个。

随着猛烈的一击，一位拳击手倒下了，小松鼠惊恐地捂上了双眼。从指缝中，他看清楚了，倒下去的是胖小猪。

一位新的拳击冠军诞生了，他就是曾经倒在拳台上的小棕熊。

小棕熊连忙扶起胖小猪，深情地说："光荣属于你，也属于关心我的小松鼠！"

小松鼠站在树枝上，咧开嘴笑了。

请小读者 回答

小棕熊曾经败给胖小猪，最后为什么能够战胜对手，成为新的拳击冠军？

答案：

　　小棕熊在胖小猪和小松鼠的帮助下，树立信心，不怕失败，勤学苦练，有志者事竟成，所以，能战胜老对手胖小猪，成为新的拳击冠军。

锯树郎

　　小棕熊当上了森林里的林务官，他第一天上任，来到林区，为了表示自己深入基层，他来到各个林区视察了一番。

　　小棕熊林务官的汽车在山坡的盘山道上停了下来，他下了汽车，向山下望去，山下美丽的景色令他心旷神怡。

　　这时，从花丛里钻出一个带斑点儿的小东西，他向小棕熊林务官点头哈腰地说："您好呀！如果我没认错的话，您大概就是新来的林务官先生。"说完，小东西上下打量着小棕熊林务官。

　　"您怎么认出来的？"小棕熊对于别人能看出他是林务官很高兴。

　　"当然可以看得出来啦！"那个小东西谄媚地说，"当领导的一眼就能看出来，您跟我们干活的就是不一样！"

　　小棕熊林务官很爱听这种奉承话，他热情地问："先生，您是谁？"

　　"我……我呀……我就是您领导下的锯树郎呀！"那小东西一边说，一边察言观色地望着小棕熊林务官。

　　小林务官说："这么说，您是我们林场的伐木工人啦？"

　　"是的，是的！"小东西说，"以后我就归您领导，请多多关照！请多关照！"

"好说，好说！"小林务官和小东西彼此说着客气话。

双方正说得热闹，迎面又开来一辆汽车，那辆车在小棕熊林务官前停下来，从车上跳下来原林务官胖棕熊，老林务官刚刚退休，小棕熊是他的继任者。胖棕熊是来欢迎小棕熊林务官的。

老林务官胖棕熊的到来，可把那个小东西吓坏了，他抽身要走。

胖棕熊大喝一声，说："你这个坏蛋，往哪里走？"

"我……我……我哪儿也不敢去。"那个小东西吓得瘫坐在地上。

老林务官命令手下的护林员把那个小东西抓起来。他余怒未息地说："想从我面前溜走？没门儿！"

新林务官小棕熊说："是不是误会了？他说他是咱们林区的锯树郎呀！"

胖棕熊林务官说："小林务官先生，你不知道，'锯树郎'只是他的绰号，

实际上他是林区危害极大的害虫！他们专吃树木的嫩叶、嫩枝。如果他们的数量过多，会使成片的树木枯萎死去，他们使树木死亡的速度比伐木还快，所以，护林员们给他们起了个别名，就叫'锯树郎'。"

小林务官饶有兴致地问："那他们的本名呢？"

胖棕熊林务官大声对小东西说："老实点儿！向小林务官报上你的本名！"

"是是是，小的本名叫天牛，因为我们专吃树的嫩枝叶，使树木死去。护林员们都管我们叫'锯树郎'。"小东西哆里哆嗦地说，"老林务官先生所言极是，我和我的同类罪大恶极，不敢有所隐瞒。"

"把他押下去！"老林务官命令护林员把天牛带走，转身对小林务官说，"林区的事情很复杂，千万不要看他们长得很可爱，就认为他们

是朋友。"

小林务官红着脸说："看来，要想当好这个林务官，还挺不容易呢！您留下来，给我当顾问吧！"

"谢谢您的好意，顾问就免了吧。下面的护林员都可以当你的好顾问，好好向他们请教。"胖棕熊拉着小林务官的手，指着远方说，"喏——我给你留下一支害虫的克星队伍，灰喜鹊灭虫大队。你看，灰喜鹊灭虫大队来啦！"

小棕熊林务官向着胖棕熊手指的方向望去，天的尽头传来灰喜鹊"喳喳"的叫声……

请小读者 回答

小东西别名叫"锯树郎"，它的本名叫什么呢？

答案：

小东西本名叫"天牛"。

T i xie taipingniao
啼血太平鸟

有一个国家，从来没有发生过战争，叫太平国。太平国的国王有一个美丽的女儿，叫太平公主。

太平公主和她的人民一样，非常热爱和平。太平公主在王宫的花园里种的花全是太平花，每年的四五月份，太平花的树冠上就开满了洁白的太平花。

太平公主养了 12 只小鸟，叫太平鸟。这 12 只太平鸟的羽毛跟太平花树开的花一样，都是洁白无瑕的。

太平国王是个贤明的君王，太平国在他的管理下，百姓安居乐业。但是，好景不长，比邻有一个无赖国，无赖国的上上下下都游手好闲，大家都过着穷困潦倒的日子。无赖国的国王是一个穷兵黩武的君王，他想要什么东西，就派人到邻国去要，要不来，就兴兵打仗去劫

掠。邻国的百姓都十分痛恨无赖国的国王。

无赖国国王听说太平公主是个绝色的美人儿，他开始打太平公主的坏主意。无赖国国王命令手下的使臣给太平国国王送去一封口气强硬、最后通牒式的信，信中说：

太平国国王陛下：

朕闻贵国太平公主美貌绝伦，朕欲娶太平公主为妻，如若不允，我将亲率大军踏平贵国！

无赖国国王

×年×月×日

"无耻！狂妄！"太平国国王撕毁了无赖国国王的来信，愤怒地对来使说，"我宁为玉碎，不为瓦全！贵国国王这样不知廉耻，想强占我那可爱的女儿，我宁愿以刀兵相见！"

太平国国王命令武士把来使赶出了宫殿，使者狼狈地逃回了无赖国，向无赖国国王禀报被逐的经过。无赖国国王怒不可遏，他果然按照在最后通牒中说的那样，亲自率领着大军攻入了太平国。太平国国王率领大军奋起抵抗。两国大军在边境遭遇了。从此，太平国失去了太平。

异常残酷的战争打了49天。太平国的将士们为了捍卫自己国家的独立，为了保卫可爱的太平公主，人人奋勇杀敌。谁料到无赖国的骄兵悍将们虽然不会劳动，却个个都是能征惯战的家伙，太平国年轻的将士们都是在蜜罐里长大的，从来没有打过仗，太平国大军兵败如山倒，国王和他的残兵败将被围困在一个土丘

上……

善良的太平公主见两国为了自己发生了这场残酷的战争，心中十分难过，她每天都在宫中垂泪。太平公主一点儿也得不到前线的消息，她心急如焚。她不断派出自己饲养的太平鸟飞到前线去打探消息。

不久，一只太平鸟匆匆忙忙地飞回太平国的王宫，向忧心忡忡的太平公主禀报说："美丽的公主殿下，不好了！我太平国的大军全线溃败！"

公主急得搓着手在王宫里走来走去，不知该怎么办。

继而，又一只太平鸟飞回太平国的王宫，向公主报告说："不好了！国王陛下和将士们被围困在一座土丘上，危在旦夕！"

美丽的太平公主再也坐不住了，她毅然来到宫殿上，代替父王行使国王的权力。她对大臣们说："各位大人！父王和将士们是为我才身陷绝地的，我不能坐视不救。我想亲率大军去救援父王和将士们！"

一位年老的大臣摊开手臂说："贤惠的公主殿下，您的勇气固然可嘉，可是，我们的大军都被国王带走了呀！您的大军在哪里呀？"

美丽的太平公主镇定地说："奇迹往往在最窘迫的时候产生！父王平日对百姓宽厚仁慈，在国家面临灾难的时刻，百姓们会一呼百应的！"她当即写了12道诏书，诏书中说：

善良的百姓们：

强敌入侵，祖国面临危亡之际，我号召全体臣民们拿起武器，随我保家卫国！

太平公主

×年×月×日

太平公主命令她饲养的 12 只太平鸟用口衔着那 12 道诏书，飞往各地。得到祖国面临危机消息的老百姓们愤怒了，太平国的山川怒吼了！霎时间，成千上万的人们拿起武器，组成了一支浩浩荡荡的大军，赶往首都，来到太平公主的麾下。

太平公主全身戎装，握着宝剑，跨上雪白的战马，她亲自率领这支大军开赴前线。太平公主的马前马后，总有 12 只太平鸟在飞翔。

太平公主的大军来到无赖国大军营垒外面，公主命令将士擂起战鼓。

无赖国的国王听说太平国来了援兵，大怒，他亲自提着鬼头大刀跨上战马，率领着妖头鬼面的士兵们来战太平公主。

无赖国国王一眼望见了美丽的太平公主，他被公主姣好的容貌惊呆了，这个无耻的家伙厚着脸皮劝降："绝色的美人儿啊，投降吧！

我将让你有享不尽的荣华富贵！"

"呸！无耻之尤！"太平公主愤怒地骂道，"你这残暴的君王，我与你不共戴天！"说着，她举着宝剑拍马直奔无赖国国王。两个人在马上展开了殊死搏斗！公主带的那12只太平鸟在无赖国王的马前马后上下翻飞，寻找时机扑向无赖国王，啄他的眼睛。

一只勇敢的太平鸟看准了一个机会，一下子啄中了无赖国王的右眼。残暴的无赖国王大吼一声，用他那罪恶的宝剑刺中了太平公主的左臂。殷红的鲜血从公主的臂膀上滴落下来。

太平国的将士们愤怒了，都举着刀枪杀向敌军，旷野里火光冲天，硝烟弥漫，喊杀声震撼寰宇。

被围困在土丘上的太平国王和将士们听到敌营垒外围的喊杀声，知道自己国家的援兵已经到来，立即举起刀枪，杀向敌军的营垒。

受到内外打击的无赖国大军的阵脚被撼动了，无赖国王手下的部队很快就溃不成军了，仓皇向本国境内逃遁！

无赖国的国王见大势已去，向着美丽的太平公主刺出致命的一剑，无情的剑锋刺进了太平公主的前胸，美丽的公主倒下了。

太平国将士们的心被刺痛了！他们怒吼着挥舞着兵器扑向无

赖国王，把他逼向一座悬崖。无赖国王手握着宝剑一步步地向后退却。他战战兢兢地说："弟兄们，请你们网开一面，放了我，我会报答你们的！"说着，他从身上摸出金币。

战士们没有一个人理睬他，锋利的兵刃直指无赖国王的胸膛。无赖国王向身后的山崖退着，退着……退路没有了，他一个趔趄，惨叫着跌入了万丈深渊："啊——救命啊！救……"

战争结束了，太平国的臣民胜利了。但是，太平国的将士们没有发出胜利者的欢呼，也没有高唱嘹亮的凯歌。

破败的战场上仍然飘着缕缕硝烟，太平国国王哭泣着来到美丽的太平公主身旁，战士们手中的旗帜低垂下去，向美丽的太平公主致哀。

太平公主静静地躺在圣洁的太平花的花丛中，她仿佛在安眠，她睡得是那样安详、迷人。

太平公主的那 12 只美丽勇敢的太平鸟在公主身体附近的低空盘旋、呜咽，不断地哀号着："公主！太平公主！"她们身上粘着被硝烟熏黑的污渍。太平鸟们不断地啼哭着，啼出了殷红的鲜血，洒在了她们的羽毛上。从此，太平鸟的羽毛

变成了灰红色，太平国的百姓们都亲切地叫她们"12 红"。安葬太平公主的山从此改名叫"太平山"，山上开满了洁白的太平花。

太平国的百姓获得了永久的安宁与太平，每年的四月份，当太平花盛开的时候，啼血的太平鸟就成群地来到太平山，低飞盘旋，啁啾鸣叫，凭吊美丽、勇敢的太平公主的英灵……

请小读者 回答

▶▶▶

在没有军队的情况下，太平公主怎么迅速地组织起一支御敌的大军？

答案：

公主写了 12 道诏书，让太平鸟衔着诏书飞往各地，诏书号召百姓拿起武器随她出征。百姓们拿起武器投军，就这样，太平公主组织起来一支大军。

heng nü guo
圣女果

　　小白兔和小灰兔都是村里的种菜能手。他俩每年都在蔬菜大棚里种植番茄。他们把成熟的番茄采下来，运到镇上总能卖个好价钱。

　　春天，又到了播种的日子。小白兔把小灰兔请到家里，商量种菜的事儿。小白兔对小灰兔说："咱们不能总种番茄了，我引进了一批圣女果的种子，你要是种的话，我分你一点儿。"

　　"什么叫圣女果呀？"小灰兔纳闷儿地问。

　　小白兔指着茶几上的果盘说："果盘里装的果子就叫圣女果。"

　　小灰兔看看盘中的果子，咧开嘴笑了："什么圣女果呀？不就是小番茄吗？"

　　小白兔连忙说："别看它个儿小，长得挺好

看，吃起来又香又甜，城里的顾客都爱买它！"

小灰兔说："我不信它比番茄还好卖。如果卖不出去，这一年不就白种了吗？"

不管小白兔怎么说，小灰兔还是不想种圣女果。小白兔只好在自己的大棚里种上了圣女果，小灰兔依旧种番茄。两个月后，他们迎来了采摘的日子。两只小兔把果子采下来，放到筐里，用担子挑到镇上去卖。

小灰兔使劲地吆喝着："又鲜又大的番茄，快来买呀！"

小白兔也起劲地喊道："又香甜又好看的圣女果，快来买呀！"

"圣女果是什么东西？"胖小猪好奇地问小白兔，"它好吃吗？"

"先尝后买，你尝尝！"小白兔说。

胖小猪尝了一颗圣女果，点点头说："嗯！又香又甜又好看。多少钱一斤？"

"三块钱一斤。"

"我买两斤！"

圣女果的价钱比番茄贵了一倍，可大伙谁都没吃过，都争着来买，两筐圣女果很快就卖光了。小白兔看看小灰兔的番茄，才卖了半筐。小白兔安慰小灰兔说："我等着你，等你卖完了咱俩一块儿回家。"

"你不断创新，我因循守旧，都怪我不听你的劝告，所以才失败了。"小灰兔红着脸说，"光靠勤快再也当不了种菜能手啦！"

请小读者 回答

小白兔为什么获得成功？小灰兔为什么会失败？

答案：

小白兔不断创新，所以才获得了成功。小灰兔因循守旧，所以失败了。

射水鱼的故事

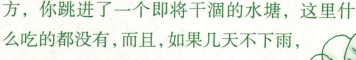

　　在一次水族运动会上，小鲤鱼跳过一座大坝后，他被大家称为能跳龙门的小鲤鱼。受到这样的赞扬，小鲤鱼特别骄傲，谁都看不起。只要他一高兴，看见土坝，就跃起来翻越过去。

　　这一天，他在河里游来游去，看见一座小土堤坝，他一下子跳起来，越过了小土堤坝。他本以为能受到鱼虾们的赞扬。他看看周围，竟然谁都没发现，他很扫兴："唉——白跳了，谁都没看见！"

　　突然，一个细小的声音对他说："不，我看见了，你是小鲤鱼吧？你跳跃龙门的技术确实不错，不过，这次，你跳错了地方，你跳进了一个即将干涸的水塘，这里什么吃的都没有，而且，如果几天不下雨，水塘干掉后，我们都得渴死！"

　　小鲤鱼一看，在水塘的中央，有一条长得跟他不一样的小鱼，他不屑地问："你是谁？我跳得对不对，关你

什么事？"

"怎么不关我的事？"那条小鱼说，"我叫射水鱼，水塘里没吃的，你来了，我们的日子就更艰难。"

"哼！"小鲤鱼得意地说，"我既然可以跳过来，当然还可以跳回去。"说着，他一挺身子，想再次翻越小土坝，跳回河里去，可是，水塘里的水太浅了，他怎么也跳不了那么高。这下，小鲤鱼慌了，但他不愿意在射水鱼面前表现出来，他装作不在意的样子说："你能活，我就能活！"

射水鱼说："那不一定，这个水塘里连小虫都没有，你吃什么？"

小鲤鱼说："你吃什么，我就吃什么呗！"

射水鱼望着伸到水塘上边的树枝，发现树枝上有只小虫在爬，他昂起头，猛地射出一股水柱，水柱把小虫射下来，射水鱼把小虫吞进肚里。他吃完小虫，对小鲤鱼说："我靠这种办法在这里度过两天了，你有这种本领吗？"

小鲤鱼这才真正感到死亡的威胁，他急得哭起来。

射水鱼安慰他说："既然我们都误入了这片水塘，就要共患难，我不会看着你饿肚子不管的。不过，你也要帮我观察，看见哪根树枝上有小虫，就告诉我。"

小鲤鱼听了，不再狂妄了，他感激地说："谢谢你，现在我才知道，不管什么鱼都有各自生存的本领，我会翻越小土坝，实在算不上什么了不起的本领，请你原谅。"

这时，一只小飞虫落在水塘上方的树枝上，小鲤鱼对射水鱼说："看！小虫！"

射水鱼扬起头，一股水柱射上树去，那小虫落在水中。小鲤鱼高兴地喊道："真棒！你简直是水上射击手！"

射水鱼对小鲤鱼说："我刚吃过一只小虫，这次，该你吃了。"

"谢谢你！"小鲤鱼第一次对另一条鱼这么客气，他游过去吞掉了那只小飞虫。他咧开嘴说，"一点也不好吃，我从来没吃过这么难吃的东西！"

射水鱼说："为了生存，凑合着吃吧！"

就这样，小鲤鱼和射水鱼相依为命，在水塘里度过了两天两夜，池塘里的水越来越少了。这天，小鲤鱼对射水鱼说："如果我不幸死掉了，我也会感到很荣幸，在我生命的最后时刻，拥有你这样真诚的朋友在身边。"

"别说丧气话！"射水鱼望着天空，发现天边飘来了一大片乌云。他对小鲤鱼说："就指望那片云彩下雨了！"

一阵狂风吹来，将那片云彩送到了水塘的上空。不久，雷电交加，天上果然下起了吉祥雨。大雨如注，积存的雨水把小水塘与河水连成了一片。

小鲤鱼和射水鱼拥抱在一起，互相庆贺："我们得救了！"

射水鱼问小鲤鱼："今后，你还拿我当朋友吗？"

小鲤鱼说："当然！"

他俩并肩向波涛翻滚的河里游去……

请小读者 回答

开始很狂妄的小鲤鱼后来为什么同意跟射水鱼合作？

答案：

因为小鲤鱼误入即将干涸的浅水塘，射水鱼能够射落树上的小虫，弄到食物，它俩才能活下去，而小鲤鱼没有这种本领，它如果不跟射水鱼合作，就会饿死，他看到了别人的长处与自己的不足。

*T*ongxue linju
同穴邻居

　　麻雀一家飞到沙漠边缘一个洞穴，麻雀妈妈说："这里没有房檐儿，我们只能住在这个洞穴里了！"

　　"这里就挺好！"小麻雀妹妹说，"我再也不想飞了！"

　　"哈哈！住现成的屋子当然好了！"从洞里钻出一个灰不溜秋的小东西，他捋着胡须说，"也不问问主人同意不同意，太没礼貌了吧？"

　　麻雀妈妈不好意思地问："这是您的洞穴？您同意我们住吗？"

　　"当然啦！"那个灰不溜秋的小东西说，"我是跳鼠，如果你们没有什么地方可以去，欢迎你们跟我住在一起。"

　　"谢谢跳鼠先生！"麻雀妈妈客气地说。

　　跳鼠钻出洞来，跳鼠的样子像老鼠，却没有老鼠的

嘴巴尖，前腿短短的，后腿得有前腿的四倍多，长着一根长长的小尾巴，尾巴的尖端是白白的。

麻雀妹妹乐不可支地说："哈哈哈！从来没见过这么怪模怪样的房东！"

麻雀妈妈不好意思地说："对不起，先生，孩子不懂礼貌。"

跳鼠大度地说："没关系，别看我其貌不扬，却是这里有名的房产主，人们说'狡兔三窟'，我这辈子打过的洞都数不清了，这里的房子不行了，就转移到别的地方，别处还有我的家。"

麻雀妈妈羡慕地说："我们连一处房子都没有，您却有那么多！"

跳鼠说："没关系，就让我们一起住吧！这里就是你们的家，居者有其屋嘛！"

就这样，麻雀一家和跳鼠成了邻居。

这天，沙漠边缘又来了一位不速之客——大盗沙狐，这位职业杀手行动诡秘，尽干些掘鼠洞、掏鸟蛋的勾当。他穿着一身红大氅，不知道的，还以为他是一位彬彬有礼的绅士呢！

沙狐遇到了在洞外捉虫的小麻雀姐妹，沙狐问小麻雀："你们住在哪里呀？欢迎我到你们家做客吗？"

"我们住在前面的洞里，您的身体太大了，钻不进去！"小麻雀姐姐说。

　　"哦？"沙狐不动声色地问，"你们应该住在房檐下呀，怎么会住在洞里呢？"

　　小麻雀妹妹说："我们本没有房子住，是房产主跳鼠收留了我们。"

　　"这么说，你们过着鼠雀同穴的生活？"沙狐听了大喜，他说，"带我去你们家吧，我和跳鼠是要好的朋友，我是来拜访他的。"

　　小麻雀姐妹一听是跳鼠的朋友，愉快地把沙狐带到他们居住的洞穴前。这时，沙狐露出了狰狞的嘴脸，吼道："快去告诉那只肥嘟嘟的跳鼠，我已经堵在他家门口了，让他出来送死！不然，我就把你们住的洞子捣毁！"

　　小麻雀姐妹慌忙跑进洞，把沙狐堵住洞口的消息告诉了妈妈和跳鼠先生。

　　麻雀妈妈嗔怪地说："你们怎么引狐入室呀？"

　　"天下的坏蛋很多，他们怎么认得过来呢？"跳鼠说，"天无绝人之路，在我们洞子的尽头还有一个洞口，以备遇到不测时使用。平时没用，我就又把它堵上了。"

　　跳鼠带着麻雀一家来到洞穴后门，跳鼠拨开洞口的沙子，率先钻出了洞。小麻雀们也钻出了洞。

　　"哈哈！早知道你

们会来这一手，早在这里等候你们了！"沙狐从草丛里钻出来。

"快跑！不要管我！"跳鼠对小麻雀们说。

小麻雀们立即飞到洞前的小树上。跳鼠和沙狐在洞口对峙着。沙狐露出尖尖的牙齿，向跳鼠扑去，跳鼠猛地跳起来，跳了两米多高，落在沙狐身后几米外的地方。正当沙狐晕头转向时，跳鼠接连跳了几下，逃离了原来的洞穴……

深夜，月朗星稀，麻雀一家飞到一处沙丘。麻雀妹妹说："唉——我们又无家可归了！"

"谁说的？这里就是你们的家！"说话声是从沙丘下一个黑黝黝的洞里传出来的。一个前腿短、后腿长的小东西从洞里钻出来，向麻雀一家发出邀请。

"跳鼠！"小麻雀们想不到在这里能遇到老邻居，麻雀妈妈兴奋地说，"我们还做邻居？"

"当然！让我们继续过鼠雀同穴的生活！"跳鼠说，"谁让我们是共患难的朋友呢？"

请小读者 回答

小麻雀们是跟谁过着鼠雀同穴的日子呢？

答案：
小麻雀是和沙漠中的跳鼠一起过着鼠雀同穴的日子，成为好邻居。

*L*ao zongxiong de duominuogupai
老棕熊的多米诺骨牌

老棕熊当了一辈子印刷排字工，默默无闻地排了一辈子铅字，通过他的手印刷出的书籍可以垒成一座摩天大厦。然而，动物王国里没有谁知道他，出名的却是那些文豪、作家。

不知从什么时候起，动物王国的印刷厂都换上了电脑激光照排机械，老棕熊先生无事可做，只好卷铺盖回到家里。

一天，无所事事的老棕熊来到旧货市场，见他原来的雇主老狐狸正要卖掉老棕熊曾经用过的铅字块儿。老棕熊说："老板，把它们卖给我吧！"

老狐狸说："看在咱们过去的交情上，就以最低的价格卖给你吧，价钱嘛……好说！"

就这样，那些毫无生气的铅字块儿被老棕熊买回家里。老棕熊买它干什么，他也说不清，也许，只是出于对这些铅字块儿的一种眷恋。

这下，老棕熊可有事干了，他每天在桌子上排起了铅字，排什么呢？他从书架上拿下书

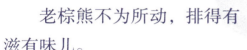

本，把他过去曾经排过的书籍重新排一遍。

熊太太不干了，天天唠叨："老头子，你真是有病啦！又没人给钱请你排，干了一辈子，还没排够啊！"

老棕熊不为所动，排得有滋有味儿。

一天，正在看电视的熊太太突然喊起来："亲爱的，快来看哪！人家摆多米诺骨牌还能打破世界纪录呢！你排铅字有什么用？"

熊太太的喊叫吓了老棕熊一大跳，他正在排着的铅字块儿一个一个地倒了下去！

"哇——"老棕熊惊喜地叫起来，"对呀，我也可以用铅字块儿当多米诺骨牌来用呀！偶然的突发事件往往引发伟大的创举！"

于是，老棕熊在家里的地板上用铅字块儿当骨牌摆起了图案。

"你怎么从桌上摆到地上来啦？我怎么走路呢？"熊太太又开始唠叨啦，"你这是摆的什么呀？"

"枫叶！"老棕熊头也不抬，我行我素。

"我怎么看不出来呀？"熊太太不再想看丈夫摆的铅字块儿，她提着篮子到森林里挖野菜去了。

　　当熊太太挖完野菜回来的时候，老棕熊正从地板上站起来，熊先生伸了个懒腰，说："太太，我的作品完成啦！"说着，他把打头的铅字块儿推倒，铅字块儿一个一个地倒了下去，地板上显现出一幅铅灰色的图案。老棕熊眯着双眼，欣赏着自己的作品。

　　熊太太乐了："嗯，有点意思！"她不再唠叨了，到厨房里做饭去了。

　　接着，老棕熊又摆出了大树、山峰和帝国大厦的图案。

　　做好饭的熊太太从厨房走出来，她没有惊动丈夫，倚靠着门框欣赏着丈夫的作品，她深情地说："亲爱的，向全世界展示你的作品吧！说不定你会成为明星呢！"

　　"我只想玩玩！"老棕熊想了想说，"你说得也有道理，应该让大家分享我的快乐！"

　　成功的喜悦鼓舞着老棕熊，他决心向公众展示自己的成就。这一天，老棕熊和他的太太来到帝国大厦前的广场，摆起了铅字块儿多米诺牌，来了许多记者采访，围观的小动物特别多。熊太太自豪地替丈夫在场外维持秩序："先生，请靠后站站，谢谢！"

　　老棕熊不停地蹲在地上摆呀摆，摆出了一大片铅字块儿方阵。

　　小白兔不解地问："熊爷爷摆的这是什么呀？"

　　小松鼠说："不知道，也许是帝国大厦！"

　　小山羊摇摇头说："不对，帝国大厦是尖的！"

　　方阵终于摆成啦，满头大汗的熊先生站起来，伸直了腰，对大家说："先生们，女士们，谜底就要揭开啦！"说罢，他推倒了一个铅字块儿，铅字块儿"刷刷"地倒了下去！

小白兔惊讶地叫起来："哇——空着的地方好像是几个字哎！是什么字呢？"

随着铅字块儿一个个地倒下去，中间的字完全显现出来啦。小白兔、小松鼠和小山羊齐声念道："我——是——老——排——字——工——人——"

记者手中的照相机、摄像机不停地拍着、照着。

当天晚上的电视新闻节目里播放了这样一条消息："排字工人老棕熊用铅字块儿当多米诺骨牌在帝国大厦广场进行了精彩的表演，排出了'我是老排字工人'的字样，他的创举被收入了动物王国'吉尼斯世界纪录大全'！"

新闻节目主持小喜鹊深情地说："动物王国的全体公民不会忘记劳累了一辈子的老棕熊先生为社会作出的贡献！"

老棕熊一下子成了动物王国的明星。

熊太太问老伴儿："亲爱的，

想不到，你竟然真的成了明星，你是不是特有成就感？"

老棕熊淡淡地说："我还是我，这不过是一种游戏，我只想让大家分享我的快乐！"

老棕熊的日子依然过得十分平淡，每天做着他喜欢做的事情，在平淡中打发他的余生，他过得很惬意。

请小读者 回答

老棕熊在帝国大厦前用铅字块儿排出了什么图案？

答案：

老棕熊在帝国大厦前用铅字块儿排出了"我是老排字工人"这几个字。

小白兔巧骗熊瞎子
xiaobaitu qiaopian xiongxiazi

一天，小白兔在森林里寻找食物，不小心掉到猎人的陷阱里。陷阱又大又深，小白兔费了九牛二虎之力，也没有逃出陷阱。小白兔忍不住"呜呜"地哭起来。

远处传来了"咚咚"的脚步声。小白兔止住了哭声，他向上问道："喂——是谁在上面？"

"是我！"熊瞎子的头从陷阱口探进来，熊瞎子问小白兔，"小东西，你怎么待在这里？"

平日，熊瞎子总欺负小白兔，小白兔见着熊瞎子就跑。此刻，小白兔见是熊瞎子，心生一计，故作惊讶地说："哎呀，怎么还在上面？您没听说吗？明天天就要塌下来了，要不我待在这黑糊糊的洞里干什么？"

"真的？"傻乎乎的熊瞎子信以为真，他见小白兔有洞子藏身，非常羡慕，"天要塌下来，我可怎么办呀？怎么能找你这么个藏身的地方呢？"

小白兔说："要是熊大哥不嫌挤的话，请您进来跟我一起藏着吧！"

熊瞎子高兴极了，连忙说："小白兔，想不到你不记仇！那

我就不客气了！"说完，熊瞎子"咚"的一声跳进了陷阱。

　　熊瞎子挤在小白兔跟前，亲亲热热地跟小白兔说着话。他从来没对小白兔这么客气过。

　　小白兔觉得熊瞎子的笑比哭还难看。小白兔心想，时间长了，猎人来了就麻烦啦，就是猎人不来，这老家伙也得把我当作一顿美餐给吃了，我不能跟他老在这黑糊糊的洞里待着，得想法上去。这样想着，他在熊瞎子身上蹭来蹭去，蹭得熊瞎子难受极了。

　　开始，熊瞎子碍着小白兔让他躲进洞里来的面子，不好发作。小白兔总是蹭来蹭去，熊瞎子终于忍不住了，吼道："你老瞎蹭什么？怪难受的！"

　　小白兔笑着说："对不起，您进来了，太挤了，身上痒得很！蹭蹭就好了。"

　　熊瞎子大怒："你倒是不痒了，蹭得我怪痒的！要是再蹭，我把你扔上去！天塌下来，把你砸死！"

　　小白兔可不管那套，还在熊瞎子身上蹭来蹭去。熊瞎子大吼一声："我的话你都敢不听了，那就别怪我不客气了！"他揪住小白兔的长耳朵，使劲往洞外一扔，小白兔被扔出了陷阱！

小白兔从地上爬起来，朝陷阱里的熊瞎子招招手说："熊瞎子，你老老实实地在陷阱里待着，等猎人来收拾你吧！"

熊瞎子一听，这才明白上了小白兔的当，他大声吼道："小东西，等我上去再收拾你！"

小白兔笑着说："好的，我在上边等着你！"

熊瞎子见没人来救他，独自在陷阱里"呜呜"地哭，一直哭到天黑。后来，他被猎人用网子网住，被关进了牢笼，送进了动物园。

请小读者 回答

▸▸▸▸

身陷陷阱的小白兔是用什么办法逃出陷阱的？

答案：

小白兔对总欺负他的熊瞎子说，天就要塌下来了，骗熊瞎子也跳进陷阱，陷阱地方狭小，小白兔总在熊瞎子身上蹭，熊瞎子很恼火，拎住小白兔的长耳朵，把他扔到陷阱外，帮助小白兔逃生了。

iaohema shizi eyu

小河马·狮子·鳄鱼

小河马在兄弟姐妹中是最小的，可是，他有个毛病，爱吹牛，他常常离开妈妈和兄弟姐妹们，单独到河里和草原上玩耍。

哥哥对他说："池塘里有凶猛的鳄鱼，你不能独自到池塘里去洗澡，遇上他就没命啦。"

小河马问："鳄鱼不就是鱼吗？它有我力气大吗？遇见鳄鱼我一定把他撕碎！"

姐姐说："你常单独在草原上玩耍，遇见狮子凶多吉少。"

小河马不以为然地说："狮子有什么了不起，它有我个儿大

吗？遇见狮子我一定踩死他！"

河马妈妈见他一点儿也不知道大自然中的凶险，劝他说："鳄鱼可不是鱼啊！再说，猛兽凶不凶可不论个儿大小，哥哥和姐姐们说得对，你可不要逞强。"

"我知道啦！"小河马虽然这样答应了，可他还是常常独自出去玩耍。

这天，小河马正在草原上玩儿，一群羚羊匆匆地跑来说："快跑！狮子来了！"

"是一只狮子还是一群？"小河马问。

"一只我们也打不过他呀！"一只羚羊说完，就跑掉了。

小河马哈哈大笑："一只狮子就把你们吓成这样了，真是一群胆小鬼！让狮子来吧，我正要跟他较量呢！"

狮子见羚羊跑掉了，只剩下一只小河马。他奇怪地想，这只小河马怎么不怕我呀？现在我还不饿，懒得捉他，让他再活两天吧！狮子扭头走了。

羚羊们见狮子走了，回来问小河马："狮子怎么一见到你，

就扭头走了呢？"

"哈哈！"小河马说，"那还用说，狮子怕我呗！"

小河马回到家，得意地对妈妈、哥哥和姐姐说："狮子见到我扭头就跑掉了，你们还说狮子厉害，我才不信呢！我看哪，鳄鱼也不过如此！"

河马妈妈见小河马这样单纯，担忧地摇了摇头："你呀！没有遇到过凶险，吃过一次亏，就长记性啦！"

一天，小河马到河里洗澡。一个黑糊糊的家伙正在逼近他，小河马一点儿也不知道。河马妈妈和小河马的兄弟姐妹们来找小河马，妈妈见小河马身后有个黑糊糊的东西，立即大声喊道："孩子！注意鳄鱼！"

然而，鳄鱼已经跃出水面向小河马扑去。河马妈妈立即跳下水，用身体挡住了鳄鱼。鳄鱼贪婪的大嘴朝河马妈妈的肚子咬了一口，殷红的鲜血染红了水面。小河马的兄弟姐妹们都跳进河里，与鳄鱼展开了激烈的搏斗。

鳄鱼见河马都跟他来拼命了，扭头跑掉了。兄弟姐妹们扶着妈

妈上了岸,河马妈妈紧闭着眼睛。小河马扑在妈妈身边哭喊道:"妈妈,你快醒来呀!"

妈妈艰难地睁开眼睛,对儿女们说:"你们的弟弟不懂得生存的艰难,你们要好好照顾他。"说完,痛苦地闭上了眼睛。

小河马哭喊着说:"妈妈,我再也不吹牛啦!您醒来吧!"

妈妈再也没有醒来。小河马终于明白了,靠吹牛是不能生存的。他明白这个道理是以妈妈的生命为代价的。

请小读者 回答

鳄鱼是鱼吗?

答案:

鳄鱼不是鱼,是爬行纲鳄形目动物,皮肤革质,非常凶猛。因为它们既可以生活在陆地,也可以生活在水中。古人误以为它们属于鱼类,就俗称它们为鳄鱼了。其实,它们跟鱼类没有任何亲缘关系。

D ougoushi hengli

斗狗士亨利

亨利是小镇上有钱的大亨，同时，他也是一名业余斗狗士。

一天，亨利来到狗市，出高价买来了狼狗比勒。

斗狗士亨利在狼狗比勒身上花去了全部业余时间，他亲自训练、调教狼狗。

别看亨利在交际场合具有十足的绅士派头，来到驯狗场上，他的音容笑貌却无一不像一条凶恶的狗。

不信吗？此时此刻亨利正在他的驯狗场上驯狗，亨利趴在地上，与他的狗怒目相视，亨利龇牙咧嘴地向狗示威，引逗着狼狗比勒发怒发狂。

狼狗比勒被激怒了，它的前爪离地，扑了过来。这一招是斗狗士亨利教它的。

若是换了另一个斗狗士，一定被狼狗比勒扑倒了。亨利却巧妙地往旁边一滚，狼狗扑空了——亨利在教狼狗躲闪对手致命的进攻。

经过几个月的训练，狼狗比勒成了一条凶悍、善斗的狗。

斗狗士亨利决定让狼狗比勒在实战中进行训练。

亨利知道邻居杰克家养着一条纯种圣伯纳狗，杰克每天也在

训练他的狗。亨利向杰克下了"战书"，要和他斗狗。

亨利知道，杰克的目标跟他是一样的，都盯着小镇上秋天将要举办的斗狗大赛。谁的狗要是在斗狗大赛中夺魁，不仅可以得到一笔优厚的奖金，同时可以不经选举成为小镇议会的议员。

杰克接到亨利的"战书"，十分高兴，他也正想让自己的圣伯纳狗接受实战的洗礼。

亨利带着狼狗比勒来到杰克家的草坪上。两家的主人立在一旁观战。

圣伯纳狗向狼狗比勒发出呼呼的吼声，显然是向对手挑战。

狼狗比勒却不动声色。

亨利对自己爱犬的表现十分满意。这一战术是他教的，在强敌面前开始要伪装成十分怯懦的样子。

杰克笑了："亨利，你的比勒不行啊！"

亨利说："你别高兴得太早了！"

圣伯纳狗向狼狗比勒发出致命的一扑。

比勒就势一滚，闪到一边，那样子就好像被圣伯纳狗扑了一个大跟头。

杰克高兴地拍着手叫道："好样的！再扑它！"

在一般情况下，狗被扑这么三个跟头，自己就认输了。

圣伯纳狗一连扑了比勒三跤。

杰克笑着问亨利："亨利，怎么样？你的比勒认输了吧？"

亨利仍抱着双臂，冷静地说："你让比勒自己说，它认输了吗？"

杰克低头一看，大吃一惊。狼狗比勒浑身的毛都竖起来了，它龇着牙发出低沉的吼声。那样子让人不寒而栗。

这时，狼狗比勒向着圣伯纳狗发起了第一次攻击，圣伯纳狗的耳朵被咬伤了。再一扑，狼狗又把对手的脸抓了一道血痕！

圣伯纳狗的尾巴低垂下来，在草坪上乱转。这是认输的表示。

狼狗比勒仍然穷追不舍。

比勒的主人喊住了它："比勒！回来！"

狼狗比勒凯旋了。

在亨利和狼狗比勒离开杰克家以后，杰

克家里响起一声清脆的枪声。

圣伯纳狗被枪杀了！因为，斗败的狗声名狼藉，任何人都不会买一只失败过的狗。斗狗士们往往用这种残忍的手段处决斗败的狗，犹如统帅处决一位战败的将军。

亨利的狼狗比勒接连战胜了镇上罗斯、威力和凯文的狗。

狼狗比勒杀出了威风，从不曾遭到过败绩，因而声名大振！

亨利得意洋洋地迎来了秋季镇上的斗狗大赛。他认为，这次大赛的冠军得主非狼狗比勒莫属！

金秋的一天，阳光灿烂。亨利带着狼狗比勒来到斗狗赛场。赛场上人山人海。

杰克、罗斯、威力和凯文用冷漠的目光看着亨利和他的狼狗。

他们在今天的赛事中只能充当旁观者了。这使他们不能不用仇视的目光望着亨利和他的狗。杰克喊道："喂——别太得意了，前面有魔鬼在等着你！亨利！"

亨利回过头来笑道："我知道你们忌恨我！对不起啦！这是没办法的事，赛场上总是有输有赢的！"

斗狗大赛开始了！

亨利很狡猾，他没有让自己的狼狗比勒第一个出场。他想让自己的狗先"坐山观虎斗"，然后再"坐收渔人之利"。

比赛中，一只巨大的澳大利亚猎兔狗出尽了风头，一连杀败了四五只强壮的狗。后来，竟没有狗敢出场比赛了。

这时，镇长先生讲话了："如果没有出场的，本届斗狗大赛

的冠军就属于这只猎兔狗了！"

"慢！"斗狗士亨利这时放出了自己的狼狗比勒。

澳大利亚猎兔狗的主人是一位年长的斗狗士。他见了狼狗比勒大吃一惊，知道比勒的主人是一位有经验的斗狗士。

年长的斗狗士走到自己的狗面前，轻轻拍了拍猎兔狗的额头，像是面授机宜。

两只狗站在了比赛场的两端，又一场厮杀开始了！

澳大利亚猎兔狗经过几场争斗，的确太疲惫了。它似乎没有能力向比勒这个强劲的对手发起进攻了。在狼狗比勒向它进攻的时候，它显得只有躲闪之功，没有还手之力。

斗狗士亨利十分得意，他暗自庆幸自己制定的战术得法。

年长的斗狗士却不动声色。

经过将近半小时的搏斗，猎兔狗身上几处挂了彩。

观战的斗狗士们都以为狼狗比勒必胜无疑。

斗狗士亨利瞥了一眼年长的斗狗士。对手的眼角流露出一丝不易觉察的微笑。这微笑使亨利的内心颤抖。自己在蔑视对手的时候，不也是这样讪笑吗？

战局的急剧变化不容亨利多想。那猎兔狗见狼狗比勒的体力消耗殆尽，像发疯一样向狼狗发起反击！

比勒动作迟缓了，稍不注意就被猎兔狗扑个跟头，胸脯上挂了花。

猎兔狗乘胜反击，一爪将狼狗比勒的脸抓伤了！狼狗比勒从

来没有蒙受过这样的耻辱，它有
心重振雄风，向猎兔狗发动最
后的反击！无奈，它
身上没有足够的气
力了！狼狗比勒
又一次被猎兔狗
扑了一跤。

斗狗士亨利不忍再
看下去了。他把脸扭向一边，正
好和年长的斗狗士的目光相遇。年长的斗狗士仍在讪笑。

毫无疑问，那是胜利者的微笑！

斗狗大赛结束了。胜利的花环没有戴在狼狗比勒的身上，而
是套在了澳大利亚猎兔狗的脖颈上。

亨利望着杰克、罗斯、威力和凯文那帮人簇拥着年长的斗狗
士走出了比赛场。他们的前面走着的是猎兔狗。

亨利用妒忌的目光望着胜利者的背影，一直到看不见为
止……

走出赛场的人们听到，斗狗场方向响起一声清脆的枪声。那
是斗狗士亨利在处决自己的狼狗比勒！

这是古老的小镇一直沿袭下来的老规矩，这种陋习什么时候
改变啊！

战败者狼狗比勒无可挽回地死去了。它曾经给主人带来无数

次胜利的欢乐，仅有的一次失败，都没能让它逃脱这种陋习的惩
罚。

狼狗比勒若在天有灵，一定会问："我们高贵的主人们为什
么会这样啊？"

请小读者 回答

狼狗比勒第一次决斗战胜了谁？最后一次它又
败给了谁？

答案：

比勒第一次决斗，战胜了一只圣伯纳狗；最后一次决斗，它败给了一
只澳大利亚猎兔狗。

Tuoniao de beiju

鸵鸟的悲剧

如果这篇故事算是动物谋略故事，这篇故事中的鸵鸟却只能算是使用了愚蠢的谋略。

——作者

鸵鸟先生在沙漠王国运动会上，战胜了包括马先生在内的众多对手，成为赛跑冠军。从此，他骄傲起来，只能听进恭维话，再也听不进批评的话。

一天，鸵鸟先生邀请沙漠旅行家骆驼先生和小动物们到自己家来做客。他设宴招待大家。鸵鸟好奇地向骆驼打听："先生在异乡听到过什么掌故、传说故事啊？讲给我们听听！"

"掌故……"骆驼先生迟疑片刻，然后对鸵鸟说，"我倒是听到过关于您的一则传说故事，您听了可别生气！"

"怎么会呢？"鸵鸟想不到自己竟成为故事中的主人公，他表现出很乐意听的样子，"我想，不是每个人都能成为故事中的人物的。这是难得的殊荣，不是吗？"

"那我就讲了，听着！"骆驼先生不再有什么顾虑，津津有味地对客人们讲起了他在异乡听到的故事："鸵鸟在沙漠中觅食，不幸，他遭到了猎人的追捕。鸵鸟急了，将自己的头颅埋在沙漠中，而将屁股露在了沙堆外面。最后，鸵鸟被猎人捕获了……"

做客的小动物们听了骆驼的话，都哈哈大笑。

鸵鸟先生却不干了，他认为这个故事丢了他的面子，他怒吼道："简直是胡说八道！"

"对不起！对不起！这不过是无聊文人胡编的罢了！"骆驼先生解释说，"您说您不会生气，我才讲的，想不到您还是生气了！"

"事实上，我们鸵鸟不是那么愚蠢的！"鸵鸟先生说，"在遭到追捕的时候，我们绝不会把头埋在沙子里！"

说完这句话，愤怒的鸵鸟拂袖离席。

骆驼先生默默地离开了鸵鸟家，客人们也纷纷离席而去。宴席不欢而散。

第二天，闷闷不乐的鸵鸟先生又外出旅行去了。

一天，鸵鸟先生在沙漠中觅食。

"砰！砰！"远处传来两声清脆的枪声。

在沙漠中生

活的小动物们纷纷逃遁：
"快跑啊！猎人来啦！"

鸵鸟听见了，他没有跑，而是把自己的身体埋在沙子中，只将脖子和头露在沙子外面。

小跳鼠惊奇地问：
"鸵鸟……先生，您这是……干什么？"

鸵鸟说："我要向世人证明，我们鸵鸟在危险来临之际，不是像骆驼先生讲的那种只顾头，不顾腔的家伙！"

"这……"小跳鼠顾不上跟鸵鸟先生探讨鸵鸟这样做到底对不对，他仓皇逃跑了。

提着枪的猎人追到鸵鸟先生跟前。鸵鸟把自己身体的大部分埋在沙中，只露出长脖子和小脑袋。

猎人不费什么力气就把鸵鸟先生拖出了沙堆。猎人把鸵鸟装进了木笼，运回了故乡。

旅行中的骆驼途经猎人住的村庄时，看见了关在木笼中的鸵鸟，他惊奇地问："鸵鸟先生，您怎么沦落到这里？"

"唉——我被猎人俘获了！"鸵鸟郑重声明说，"我和你故事里讲的绝对不同，我是把身体埋在沙中，头露在外面被俘获的！"

"被俘的形式是无关紧要的，要紧的是您失去了自由！"骆

驼先生问道，"我不明白，您不是赛跑冠军吗？当时为什么不逃跑呢？"

"这……"鸵鸟先生恍然大悟，"对呀！我怎么没有想到这一手呢？我……我当时只想否定您讲的故事中那种荒谬的说法了，绝对不肯当一只只顾头、不顾腔的鸵鸟。所以就把身体埋在了沙中！"

像鸵鸟这样，用荒谬的办法否定别人的偏见，不是智者所为。

请小读者 回答

为什么说鸵鸟是用荒谬的办法否定别人的偏见？

答案：

鸵鸟为了证明他不是像故事中说的在猎人来了的时候，是只顾头不顾腔的家伙，他却把身体埋在沙中了，而不是积极地逃跑，最终还是被捉了。所以，说他是用荒谬的办法否定别人的偏见。

Xiejiang yeye de daben

鞋匠爷爷的 "大奔"

老棕熊爷爷是动物王国出色的修鞋匠，大家都叫他"鞋匠老皮皮"，他的儿子大棕熊却是皮鞋公司的大老板。老棕熊爷爷的孙子小棕熊常到爷爷的修鞋摊儿上帮爷爷修鞋，大家都亲切地叫他"鞋匠小皮皮"。

这天，吃晚饭的时候，大棕熊老板对老爷子说："我在公司里挣的钱足够您花的，您还修什么鞋呀？快搬到我的公寓里去住吧！"

"什么？"老棕熊发火了，"让我白吃饭不干活，我心里不踏实！"

大棕熊摊开手臂说："哎，好心当成驴肝肺！您非要干，我求求您，把修鞋摊摆得离我的公司远一点。还有，别老让小棕熊到您的鞋摊儿帮您修鞋，行不行？您知道，小伙伴儿们都怎么叫他吗？叫他'鞋匠小皮皮'！"

"啊——我明白啦！你是怕老鞋匠给你这个大老板丢人，别忘了，你小时候还不是个跟着我学艺的小修鞋匠？没有我这个老修鞋匠，就没有你这个皮鞋公司的大老板！"老棕熊气得胡须乱颤，"再说，我孙子小棕熊愿意到我的鞋摊儿修鞋，他纳鞋底、

钉鞋掌、补补丁全学会了，我看，他的技术不比我差，将来一定会成为一个好修鞋匠！"

"啊？您还要把他培养成一个修鞋匠？"大棕熊扯着脖子吼道，"不行！他将来要继承我的事业，当个公司大老板！"

小棕熊见爸爸和爷爷要吵起来，连忙说："爸爸当大老板不错，爷爷当个修鞋匠也挺好的，至于我将来当什么，我还没想好呢，你们别为我操心啦！"

话不投机半句多，老棕熊一家这顿饭吃得不欢而散。

谁知，天有不测风云，由于大棕熊决策失误，他的公司不幸破产了。大棕熊不得不变卖了所有的家产去抵债，他变成了一文不名的穷光蛋。大棕熊决定到别的地方去谋生，他不得不将儿子送到父亲的小屋去住，大棕熊告别了老爸爸和儿子，孑然一身的他离开了家乡……

儿子走后，老棕熊每天还挎着修鞋的箱子去修鞋，箱子很沉，压得他的腰都直不起来啦！小棕熊对爷爷说："您干吗不用绳子拉着箱子走呢？这样可以省些力气。"

老鞋匠皮皮说："对呀，还是我的孙子聪明，这样，肩

膀就不疼啦！"

老棕熊在箱子上拴了根绳子，拉着箱子在街上跑，肩膀的确不疼啦。他觉得这样并没有省什么力气，再说，时间长了，箱子该拖坏了。可是，他实在想不出更好的办法。

第二天，老鞋匠皮皮又要用绳子拖着箱子去上班，小棕熊指着箱子笑着说："拖箱子走会把箱子拖坏的，这里有 10 根圆木，您把它们垫在箱子下，把箱子放在上面，箱子一走圆木就滚动，就不会磨坏箱子啦！"

"这主意真不错！"老棕熊眉开眼笑地说。他把圆木放在地上排成一排，把箱子放在圆木上，他推着箱子往前走，嘿！真省劲儿！他把箱子推到最前面那根圆木上，箱子又摔到地上，老棕熊不得不在前面重新码放圆木……

这么反复折腾，等到了修鞋的地方，都快 12 点了。老鞋匠只修了半天鞋，挣的钱当然就少啦。到了晚上，老鞋匠皮皮愁眉不展地回到家，孙子小棕熊问他："爷爷，遇到了什么不顺心的事？"

老棕熊说："用圆木垫箱子走，是省了力气，爷爷中午 12 点才到了修鞋的摊点，只修了半天鞋，挣不到钱，咱们爷儿俩吃什么？"

"爷爷不用发愁！"小棕熊指着地上的一辆平板小车说，"爷爷请看，这是什么？白天，我在家里给您做了一个平板小车，把箱子放在上面，您在前面拉着车子走，不是又省劲儿、又节省时

间了吗？"

老爷子乐了："我孙子的脑瓜就是灵光，我修了一辈子鞋，怎么就没想起做辆小车呢？你将来一定比我和你爸都有出息！"

第二天，老棕熊拉着小车在街上跑，谁知，小车发出"嘎吱嘎吱"的响声，过往的小动物都忍不住回过头来看老鞋匠的车子。阔佬儿大灰狼的太太把耳朵捂起来，发出不友好的尖叫声："吵死啦！真讨厌！"

老棕熊皮皮带着几分歉意说："真是不好意思，这是我孙子给我做的车子，车轮不太好，吵了太太啦！"

晚上，回到家老棕熊皮皮把自己遇到的苦恼说给孙子小棕熊听。小棕熊说："爷爷，不要紧的，我查阅了《科技博览》这本书，书上说，车子光安上车轮，浇上油也不太好用，可以在车轮上安上轴承，轴承里有可以自由滚动的滚珠，安上轴承，车子再行驶的时候，更省劲，也会降低噪声！我已经买回了轴承，今天晚上，就给爷爷的车子安上！"

夜深了，小棕熊还在给爷爷的小车上安装轴承……

第二天早晨，老棕熊皮皮去上班时，发现小车底下已经装上了轴承，老棕熊爷爷高兴地说："这个小皮皮，比我老皮皮强多了！"

老棕熊爷爷拉着车子走在大街上，既省劲又没有噪声。他拉着这辆小车，心里别提多自豪啦！

谁知，到了晚上，小棕熊又拿着锤子和改锥走向那辆小车。老棕熊爷爷不解地问："孩子，你还要干什么？"

"改造这辆小车！"小棕熊头也不抬地说。

"挺好的啦！还改造什么？"老棕熊摇摇头说，"你还能给它插朵鲜花？"

小棕熊笑着说："爷爷！我不给它插花，也不给它戴朵，要给它装上一个电瓶和一台发动机，让它变成一辆电瓶车，让您开着车子去上班，不好吗？"

"好！好！我看我孙子将来能成为大科学家！"老棕熊爷爷心里美滋滋的，嘴都乐歪了！

电瓶车终于做好了，小棕熊说："咱们的车子还没有名字呢，就叫……"小棕熊拿起笔，在车身上写了"鞋匠爷爷的大奔驰"这几个字。

"好！这名字起得好！就叫大奔驰！"老棕熊爷爷满意地点点头。

第二天早晨，小棕熊坐在电瓶车的驾驶座上，对爷爷说："爷爷，上车！今天我跟着您修鞋去！"

"好嘞！"老棕熊坐在装工具的木箱子上，不安地叮嘱道，"开车小心点儿！"

　　"您放心吧！"小棕熊按了一下喇叭，喇叭发出清脆的"嘀嘀"声，车开了，过往的小动物连忙躲闪，以为后面开来一辆大汽车呢！

　　小棕熊开了一会儿车，老棕熊爷爷忍不住对孙子说："让爷爷开一会儿，好吗？"

　　小棕熊说："行！咱们俩换一下位置！"

　　老棕熊爷爷坐在驾驶座上，开着电瓶车往前走，他心里那叫美，比坐在豪华车里还感到惬意！

　　老棕熊爷儿俩的车子从阔佬儿大灰狼的大奔驰旁边经过，大灰狼忍不住从车窗里伸出头来，喊道："喂——老棕熊先生，鸟枪换炮啦？你这个修鞋匠居然也开着车子上班啦？"

　　"那当然，这车子是我孙子给我做的，不比你的'大奔'逊色！"老棕熊爷爷自豪地说。

　　"鞋匠爷爷的大奔驰"在沿途所过之处，荣幸地接受着小动物们投来的羡慕的目光。

　　这一天，到老棕熊爷爷的修鞋摊修鞋的特别多，小动物们不光是为了修鞋，更多的小动物是为了目睹一下"鞋匠爷爷的'大奔'"，爷儿俩的生意越做越红火。小棕熊修鞋的手艺在爷爷的指导下，也越做越精，小动物们谁都愿意让他修鞋。

　　一天晚上，西服革履的大棕熊提着皮箱回到老棕熊爷爷的小屋，他兴冲冲地说："爸，我找到了投资合伙人赤面狐狸先生，我的公司在他的资助下，东山再起了！让我带着儿子小棕熊走吧！"

"'有心栽花花不开，无心插柳柳成荫'，过去，我做梦都没想到我的小屋里能出你这么个大老板！"老棕熊平静地说，"我孙子将来干什么，谁也说不准，这座谁都看不起的小屋里没准儿再飞出一位大科学家呢！他想干什么，你还是问问他吧！"

大棕熊把目光转向小棕熊，问道："儿子，你想不想当大老板？想当，就跟爸爸走！"

小棕熊却说："爸爸，我不是跟您说过吗？将来干什么，我还没想好呢。现在嘛，我想继续在爷爷的修鞋摊儿上当个小修鞋匠。有一点请爸爸和爷爷放心，就是将来我一直修鞋，也能修出花样来，过些日子，我没准儿还要出版一本儿关于修鞋的专著呢！"

"啊？修鞋还能出版专著？"大棕熊不解地摇了摇头，"人各有志，我不勉强你。爸爸相信你的话，跟着你爷爷，我放心！"

小棕熊的爸爸走了。小棕熊和爷爷每天还是开着"鞋匠爷爷的大奔驰"到修鞋摊儿去修鞋，他的绰号

"鞋匠小皮皮"越叫越响了，比他爷爷的绰号"鞋匠老皮皮"叫得还响，他爸爸大棕熊还是当他的公司老板，一家子各不相扰。

小棕熊将来到底从事什么工作呢？是继续当修鞋匠，还是当老板或者科学家？这是一个无法预测的未知数，还是让渐渐流逝的岁月给大家一个满意的答案吧……

请小读者 回答

小棕熊是怎么帮助爷爷改进运输设备的呢？

答案：

他先让爷爷拖着箱子走，然后，让爷爷在箱子下面垫几根圆木，后来，给箱子下面装了车轮，又把车子改进成电瓶车，小动物们管这辆车叫"鞋匠爷爷的'大奔'"。

X *xiaozongxiong he miehuoniao*
小棕熊和灭火鸟

　　林场的大猩猩场长要招募一名熟练的护林员，小棕熊前往应聘，他的肩上落着一只黑色大肚皮的灭火鸟。灭火鸟的样子怪怪的，很难看，大猩猩场长一点儿也不喜欢他。场长问小棕熊："你为什么要带这只宠物来呢？养宠物应该养一只漂亮的鸟呀！"

　　灭火鸟说："我不是宠物，我也是来应聘的。"

　　大猩猩说："小棕熊的力气比你大，我聘用他了，这里没有你可以干的事情！"

　　小棕熊说："那不行！不用灭火鸟，我也不干，我胜任护林工作，全靠灭火鸟的合作。"

　　大猩猩皮笑肉不笑地说："那好吧，我只能付你们一份工资！"

　　灭火鸟和小棕熊并不计较报酬，于是，小棕熊和灭火鸟在林场当了护林员。

　　小棕熊是个尽职尽责的护林员，他把护理的林区管理得井井有条。然而，小棕熊有一个毛病，他爱吸烟。有时，他在林区巡逻的时候，也忍不住想吸两口提提神儿。

　　这天，小棕熊扛着灭火鸟在闷热的林子里走着，他感到困倦，掏出烟来，打着了火，点上烟，突然，从肩上喷来一股细细的水

流，浇灭了他的烟。原来，是他肩上的灭火鸟发现了火星，从嘴里喷出水灭掉了烟。灭火鸟还提醒小棕熊说："林子里不许吸烟！"

"好好！不吸！不吸就不吸！"小棕熊只好打起精神继续巡逻。

一天，小棕熊和灭火鸟从相邻的林区边上走过，听到那片林子的护林员大灰狼喊叫着："快来人呀！我这里失火啦！"

小棕熊带着灭火鸟跑过去。原来，是大灰狼木屋前的草坪上着了火。这里的火要是着大了，也会蔓延到小棕熊护理的林区。小棕熊和灭火鸟立即投入了灭火的战斗，小棕熊捡起一根树枝，拼命地扑打火焰，灭火鸟把自己大肚皮里的水全喷了出来。

然而，火焰太大了，火焰继续燃烧着。大灰狼气急败坏地说："这怎么办呢？"

谁知，灭火鸟竟飞走了。只剩下大灰狼和小棕熊继续扑打火焰。大灰狼说："小棕熊，你那位朋友真不够意思，见死不救！"

这时，远处的天空传来飞鸟的叫声，啊，原来，是灭火鸟引来一大群灭火鸟，灭火鸟们把肚皮里的水喷到烈焰上，形成一股股美丽的小喷泉！

大猩猩带着小动物们也来灭火了，经过小动物们的共同努力，终于把熊熊的火焰扑灭了。

大猩猩说："幸亏灭火鸟报告及时，并引来这群帮忙的灭火鸟，要不，后果不堪设想！"原来，是灭火鸟向场长报的火情。大猩猩问大灰狼："你这里为什么发生火灾？"

大灰狼不好意思地说是他吸烟引起的火灾。"对不起，根据你的表现，我只好炒你的鱿鱼！"大猩猩说，"事实证明，是我错了，灭火鸟用实际表现证明自己是个出色的护林员，我宣布，由灭火鸟接替大灰狼的工作，小小灭火鸟带来的伙伴本林场全部聘用！"

就这样，灭火鸟和他的伙伴们像小棕熊一样，都成了名副其实的护林员，他们天天在大林莽里巡视着，保卫着林海的安全……

请小读者 回答

当森林里发生火灾时，灭火鸟却飞离了火灾现场，他是干什么去了呢？

答案：

灭火鸟飞离火场是向场长报告灾情，并去搬请"救兵"，请他的灭火鸟朋友们一起来灭火。

古城墙上的歪脖树

老狮子王废弃了原来的都城，在不远的地方建了新都。不久，老狮子王去世了，他的儿子小狮子继承了王位。

旧都老城残垣断壁上长出了一棵歪脖子老树，老树从旧城砖缝里钻出来，伸到城垛外面，为了得到更多的阳光，老树拼命地向外探着树干，许多年后，树杈压弯了它的腰，像个歪脖驼背的老公公。

没想到，古城墙和歪脖子老树竟成为古城一道亮丽的奇观，动物王国的旅行家、探险者纷纷慕名到古城堡瞻仰古城墙上的歪脖子树。旅游业的兴盛，给老城的芸芸众生带来可观的收益。

久而久之，古城堡和歪脖子老树名声越来越大，动物王国的大臣和百姓没有没见过歪脖子老树的。这事传到狮子王的耳朵里。一天，众臣上朝时，狮子王问众大臣："听说旧都老城城墙上长了一棵歪脖子老树？"

龟首相说："陛下，确有此事，那古城墙和歪脖子老树相映成趣，每天吸引着无数观光客去参观。"

狮子王不解地问："父王定都在老城时，我还小，曾经到老城墙上去玩耍过，当年，老城墙上为什么不长老树呢？"

龟首相说："陛下，那时候，禁卫军一天要清扫两次城垣，别说树，城墙上就连树草毛也长不住呀！"

狮子王说："朕作为一国之君，竟没见过老城墙上的歪脖子树，岂不是枉为一国之君了吗？我想到老城看看古城堡和歪脖子树，明天起程！"

"大王，您作为一国之尊，为看古城堡和歪脖子树兴师动众，国民知道了，会认为您不理朝政。臣有一个主意，不对外说您去看古城堡和歪脖子树，说是您到老城去视察，既视察了老城，又看了歪脖子树，不是一举两得吗？"

"妙！龟首相真是智多星！"狮子王立即按照龟首相的建议向古城堡的熊市长颁布了一道圣旨，圣旨说，狮子王陛下将抵达老城堡视察。

熊市长接到圣旨，受宠若惊，自从动物王国迁都后，这是狮子王陛下第一次回旧都老城视察呀。他连忙召集部属商量，如何接待狮子王。

聪明过人的幕僚狐狸说："市长先生，机不可失，时不再来呀！您要乘这个机会充分显示一下您的政绩！老城的市容整治是第一位的，凡是给您脸上抹黑的建筑、景点一律拆除！我认为，最煞风景的就是老城墙上的歪脖子树，必须立即砍掉！然后，在城墙

上再种一些开花的奇花异树。弄好了，狮子王陛下一高兴，说不定又在这里定都了呢！那您就是京城的市长啦！"

熊市长听了连连点头："真是好主意！野猪，砍歪脖子树的任务就交给你去办吧！"

"嗯……我看那老歪脖子树没有什么不好，干吗给砍了呀？"野猪瞪了狐狸一眼说，"再说，谁出的主意，应该由谁去办！"

熊市长大怒："你是懒惰成性！耽误了接待狮子王，我拿你是问！"

野猪吓得吐了吐舌头，说："是……栽奇花异树的任务您交给别人吧，要不，也太苦乐不均啦！"

"栽奇花异树的事，由我带着小白兔、小山羊去干吧！"狐狸认为栽奇花异树的事是露脸的事，要是干得漂亮，狮子王知道了，说不定会赏自己一官半职的，他把这件美差抢到了手。领到任务后大家分头忙去了……

狮子王终于乘车视察来了，龟首相和众多的随从跟着狮子王抵达了古城堡。熊市长带着属僚到老城外欢迎狮子王，熊市长谄媚地说："陛下亲临老城视察，是老城的荣幸，也是老城百姓的福分。"

"啊——朕还是小的时候在旧都住过，有许多年没有来啦！"狮子王并不看熊市长，一双眼睛在熊市长身后的老城墙上扫来扫去。老城墙矗立着一排排枝繁叶茂的小树，小树上还绽放着鲜艳的花朵。

　　熊市长见狮子王刚一下车就盯上了他身后的老城墙，心里暗暗庆幸，幸亏有聪慧过人的狐狸做我的谋士，如果没有他给我出谋划策，狮子王陛下一下车就看见老城墙上的歪脖子老树，多煞风景呀！不必说，狐狸先生心中更是美滋滋的。

　　狮子王心中十分诧异，臣僚们都说老城墙上有棵歪脖子老树，朕怎么没看见呢？他悄悄捅了捅龟首相："城墙上的歪脖子老树呢？"

　　龟首相也不知道城墙上的歪脖子树怎么没了，他只好问跟在身后的熊市长："老城墙上的歪脖子树呢？陛下就是来看歪脖子老树的！"

　　"啊？"熊市长听了龟首相的话，急得差点晕过去，"这……这……"

　　幸亏狐狸也在熊市长身边，他连忙说："回禀陛下，前些日子歪脖子老树怀孕了，难产，熊市长派医生对它进行剖腹产，它生了许多小树……喏——城墙上面的小树都是歪脖子老树生的。"

　　"树还能生孩子？真是有趣！"没想到，狮子王更想看看歪脖子老树了，"朕倒要看看这棵奇异的歪脖子老树。"

　　"这……"巧言令色的狐狸也没词儿了，只

好胡编说，"在生小树的时候它死了……"

谁知，站在更后面的野猪笑了："哈哈！什么剖腹产？是熊市长大人嫌歪脖子树难看，狐狸给市长出主意，派我把它砍了！"

狮子王大怒："什么？你们把歪脖子老树给砍了？朕要把你熊市长和狐狸的脑袋给砍了！"

龟首相连忙进言说："陛下，不妥！熊市长罪过再大，最多也只能判他一个保护文物不力的罪名，狐狸再坏，也只能算是出谋献策失当。"

狮子王余怒未息，说："好吧！把熊市长撤职查办！狐狸逐出市政府，永远不能任用！"

查办了熊市长和狐狸，狮子王再也没有心思在老城视察了，他决定返回新都。狮子王乘兴而来，扫兴而归，离开旧都前，狮子王叹了口气，说："动物王国的百姓都见过这棵歪脖子树，而我作为一国之王却没有这个福分，这是身处宫闱君王的悲哀呀！"

旧都老城墙上失去了歪脖子老树，也就没有了当年的风采，没有谁愿意再去旧都老城堡游览。慢慢地，古老的城堡越来越萧条凋敝了……

请小读者 回答

熊市长为什么要下令把老城墙上的歪脖子树给砍了？

答案：

因为狐狸先生进言说，老城墙上的歪脖子树煞风景，熊市长就派野猪把这棵歪脖子树给砍了。

X iaoyezhu da lieren
小野猪打猎人

在这个世界上，猎人打野猪，是天经地义的事。可是，你听说过小野猪打猎人的事吗？

现在，我就给你讲一个小野猪打猎人的故事。

动物王国有一头体格健壮的小野猪，他生来就爱打抱不平。

小野猪从小听长辈们所说的全是伙伴们被猎人猎杀的故事。小野猪总在想，我们与人类无冤无仇，为什么人类总不让我们生存呢？他百思不得其解。

小野猪一天天长大了。

一天，小棕熊、小赤狐和扭角羚从外面跑回来。扭角羚惊恐地向大伙哭诉道："我哥哥掉在猎人设的陷阱里了！"

小野猪听到喊声，从家里跑出来，迎面碰见了小棕熊、小赤狐和扭角羚。

小棕熊安慰扭角羚说："忍下这口气吧，我们惹不起猎人的！"

小野猪忍不住

问道："你们四个出去玩，怎么连一个猎人都对付不了？"

"人是万物之灵，我们斗不过猎人，不信你这头傻乎乎的小野猪比我们更有办法！"小赤狐冷笑着说，"哼，再说，猎人有枪！有枪！懂吗？"

小野猪的脸红了，森林里的公民们都叫他傻野猪。他没有为自己分辩，他想："哼，让我捉个猎人给你们看！"

真的要捉猎人，又谈何容易呢？

小野猪想啊想，他想了许多办法，都被他一一否定了。人挖陷阱捉我们的伙伴儿，我不能用挖陷阱的办法捉猎人吗？

想到这里，小野猪突然眼睛一亮，哎——猎人既然挖陷阱坑陷我们，他是万万不会想到我也挖陷阱坑陷他的！

想到这里，小野猪高兴极了，他找到小棕熊、小赤狐和扭角羚，把自己的想法告诉他们。

小赤狐冷笑一声："嘻嘻，猎人用陷阱对付我们，你怎么想得出用同样的办法对付猎人呢？这办法是猎人使用过的呀！亏你想得出！"

小棕熊和扭铁羚听了，也哈哈一笑，走了。

小野猪见伙伴们都不支持他，很失望。

小野猪回到家里，信心十足地收拾工具。

第二天，小野猪来到林子里。他用斧头砍伐了一堆树枝。然后，把树枝抱到猎人打猎的必经之路上。

小野猪用镐头和铁锹挖了一个深深的坑。他学着猎人的样子

在坑上架上了树枝，又盖上了土。一个十分隐蔽的陷阱建成了。

小野猪对自己的杰作十分满意。他钻进树丛埋伏下来，观察猎人打猎的必经小路上的动静。

两天过去了，什么事情也没有发生。

小野猪疑惑了。他想，难道真的如小赤狐所说，世界上的事情不能按同样的轨迹发展吗？他想着，想着……

突然，远处传来一阵嘹亮的歌声：

捕了一只鸡呀，

打了一只熊呀，

擒住一只小野猪，

再捉扭角羚啊！

小野猪心中一阵狂喜，原来，是猎人来了！猎人肩上扛着枪，雄赳赳地从那条小路来啦！

小野猪屏住呼吸，静静地观看着猎人的一举一动。猎人离小野猪挖的陷阱还有 50 米……30 米……10 米……"轰隆"一声，猎人大叫一声，跌进了深深的陷阱！

小野猪匆匆地赶过去，来到陷阱跟前。

猎人跌得昏迷过去，静静地躺在深坑里。

小野猪立即跑回大森林里，向伙伴们报告他捉住猎人的消息："喂——大家快出来呀！我捉住一个猎人！"

小棕熊、小赤狐和小山羊……全跑出来了。

小赤狐阴阳怪气地问："小野猪，你说什么？你是不是吃错药了，说胡话？"

"不是的！"小野猪焦急地说，"我真捉住一个猎人，他现在在陷阱里睡觉呢！"

"太阳从西边出来了吧？"这是老苍狼的声音，"傻瓜也会骗人啦！"

小棕熊站出来说："喂——静一静，别看小野猪跟我一样，有点傻憨傻憨的，他可从来不骗人的。说不定他真的捉住个猎人呢！"

见小棕熊这样说，扭角羚高兴了，问道："真的抓住猎人，怎么处置他呢？"

"当然是把他杀掉啦！"小赤狐说。

小棕熊说："不行，那太残忍了，应该把他关进我们动物王国的动物园里展览！"

"不！"扭角羚不干了，"应该拿猎人当人质，换回我的哥哥！"

"喂！大家别争论了！"见伙伴们争论不休，小野猪焦急地说，"重要的是我们要先押回猎人！"

"对！"小棕熊首先响应。

于是，小动物们跟着小野猪来到陷阱跟前，往下一看，陷阱里哪还有猎人的影子？

原来，猎人在小动物们争论不休的时候，苏醒过来，他往陷阱上面甩了一根绳索绕在树干上，攀援上来逃走了。陷阱边只留下他落荒而逃时丢弃的一根绳索。

小动物们都愣住了，沉默不语。

小赤狐突然惊叫起来："我早就说过的，小野猪哪有什么本领捉猎人？他不过搞出这样的假相哗众取宠罢了！"

小野猪大怒，结结巴巴地说："你……血口喷人！"

失望的小动物们一哄而散。

陷阱边只留下了小野猪和扭角羚。

扭角羚遗憾地对小野猪说："你讲的要是真的，那该多好啊！那样就能换回我的哥哥了！"

小野猪含着泪说："用我的品格担保，我讲的都是真的！可是……大家只顾无休止地争论，坐失了缚住猎人的良机……"

扭角羚突

然惊叫道："喂……小野猪，你看那是什么？那不是猎人丢弃的枪吗？这可是抓住猎人有力的证据呀！"

小野猪顺着扭角羚指的方向一看，陷阱里果然有一支猎枪。

小野猪乏力地坐在陷阱边上，颓然地说："纵然证明我抓住过猎人又有什么用呢？猎人毕竟又逃跑了！"

扭角羚也颓然地坐到地上："谁说不是呢？"

《小野猪打猎人》的故事已经是很久很久以前发生的事情了，随着时间的推移，这件事情应该记取的教训又被许多人淡忘了。

不是吗？

请小读者 回答

▶▶▶

小野猪抓住了猎人，猎人为什么又跑了呢？

答案：

　　小野猪抓住猎人后，他请小动物跟他一起去押回猎人，小动物们开始不信他真的抓住了猎人，后来又陷入无休止的争论，猎人用绳索攀援上来，跑掉了。

胖棕熊·刁眼狼·花花肠狐狸

在茫茫的林海中，数胖棕熊最憨厚，小动物们都叫他"老憨胖棕熊"。

胖棕熊没有超人的本领，只好靠自己的一双手干活过日子。后来，老憨胖棕熊学会了开汽车，他在林子里搞长途运输。憨者有憨者的傻福气，胖棕熊干了些日子，日子越过越红火，他竟然成了林子里的首富。

刁眼狼和花花肠狐狸

树大了招风，胖棕熊的日子好过了，气坏了林中两个心术不正的家伙，谁呀？一个是刁眼狼，一个是花花肠狐狸。

花花肠狐狸对刁眼狼说："狼大哥，老虎家族的势力一天不如一天了，这林子里谁应该为王？头把交椅还不得归您狼大哥？那老憨棕熊日子好过了，全然不把您狼大哥放在眼里。照理，他应该按月孝敬您一点儿才是呀！"

"谁说不是呀？"刁眼狼说，"告诉他，让他按月给咱们进点儿贡！"

"那哪儿成啊？"花花肠狐狸说，"这样干，别人会说咱们合伙欺负他。再说，您要是把老憨胖棕熊惹急了，他有一身的蛮力气，真打起来，咱们也不一定是他的对手呀！"

"那怎么办呢？"刁眼狼问花花肠狐狸。

"咱们如此……这样……"花花肠狐狸说，"到时候，我当原告，您当证人，得了他的赔款，我分您三分之一！"

"什么？什么？"刁眼狼不干了，"我当原告，你当证人，得了赔款，我分你三分之一！"

"好！好！"花花肠狐狸不情愿地答应了。

谁是原告

这天早晨，老憨胖棕熊开着汽车飞快地跑在林区公路上。不远处，一个挑柴担子的身影出现在公路旁。胖棕熊认出来了，那挑担子的正是刁眼狼。他很奇怪，什么时候刁眼狼改邪归正，干起活来了呢？

没容胖棕熊多想，汽车已经开到了刁眼狼的跟前。刁眼狼不但不躲汽车，反而就势一滚，身体竟然横在汽车的正前方。

老憨棕熊大吃一惊，幸亏他的技术高超，立即踩了刹车的脚闸，"吱——"汽车停在了刁眼狼的前面大约两米的地方。胖棕熊跳下汽车，急切地问："你怎么搞的？碰着你没有？"

"哎哟——哎哟——"刁眼狼发出痛苦的呻吟，"那还用问吗？没有碰着，我躺在这儿干什么呀？"

"噢——胖棕熊的汽车撞着刁眼狼喽！"这时，花花肠狐狸从路边的草丛中蹿了出来，他希望小动物们都来看热闹。他跑到汽车跟前一看，可气坏了，刁眼狼离汽车还有两米远，他急了，连忙喊道："刁眼狼！快滚！快滚！"

本来，刁眼狼还躺在地上假装呻吟，听花花肠狐狸让他滚，一下子就火了："浑蛋！你为什么不滚呢？不是你让我躺在汽车前面的吗？"

老憨胖棕熊一看这情形，立即明白了是怎么回事，可是，他越是着急，越是说不出话："你……你们要干什么呀？"

刁眼狼躺在地上扯着喉咙喊："胖棕熊，你……你的汽车撞了我，我要到法院去告你！哎哟！"

胖棕熊终于

憋出来一句话："你……你离我的汽车还远着呢！"

花花肠狐狸一听，心想，这老憨胖棕熊一点也不傻！刚才刁眼狼根本没有听懂我的话，我要是不顶上去，这场戏就演砸了！他往汽车轮子下面一躺，也假装呻吟起来："哎哟！哎哟！你撞了我，我要告你！"

胖棕熊一听，双手一摊，问花狐狸："我的汽车早就熄火了，你哼哼什么呀？"

这时，小动物们从四面八方围拢过来，问胖棕熊发生了什么事情。胖棕熊把事情经过对大家一说，小动物们心里明白，老憨胖棕熊碰上了一对无赖，可都敢怒不敢言。

胖棕熊只好请小动物们帮忙，把刁眼狼和花花肠狐狸送往医院。

刁眼狼躺在地上吼道："不去医院，去法院！"

"对！去法院！"花花肠狐狸也附和着刁眼狼说，"我们要去告你！"

老憨胖棕熊只好请小动物们帮助他把刁眼狼和花花肠狐狸用担架抬到了法院。

刁眼狼和花花肠狐狸向法院递了告胖棕熊的状子。

大象法官看了他们的状子后，问道："谁是原告？"

"我！"刁眼狼躺在担架上说。

"我！"花花肠狐狸躺在担架上也抢着说。

"到底谁是原告？"大象法官怒吼道。

刁眼狼和花花肠狐狸各不相让。

老憨胖棕熊是被告，没有人跟他争这个位置。

大象法官看看刁眼狼，又看看花花肠狐狸，到底谁是原告呢？这可是个难解之谜。大象法官眉头一皱，计上心来。他命令法警："请法医犀牛先生！给刁眼狼和花花肠狐狸检查身体！"

观察室之夜

在法院附属医院的观察室里，犀牛法医给刁眼狼和花花肠狐狸详细检查了身体，犀牛法医对大象法官说："他们两位身上既没有外伤，也没有内伤！"

大象法医立即明白是怎么回事了。

刁眼狼急了："虽然没有伤，胖棕熊也应该付给我们精神损失赔偿费呀！"

花花肠狐狸也不干了："就是呀！在车轮子下面的滋味好受吗？到现在我还心惊肉跳呢！我都精神分裂了！"

老憨胖棕熊无奈地摊开手臂说："我……我相信法律，法官怎么判，我怎么服从。"

大象法官和犀牛法医小声商量了一下，犀牛法医对小动物们说："请大家都离开观察室，本法医需要对刁眼狼和花花肠狐狸的身体进行一段时间的观察。"法官、法警、胖棕熊和小动物们都离开了观察室。

犀牛法医来到两张床铺中间的床头柜前，按动了其中一个按钮，对刁眼狼和花花肠狐狸说："两位先生，请你们睡吧，这个仪器非常可靠，它可以检查出来你们身体的任何一个细微的毛病，就是得脚气也能够查出来。明天早晨，我来取检查结果！晚安！"说完，法医犀牛先生也走了。

夜深人静了，观察室里除了刁眼狼，就剩下花花肠狐狸，四对眼睛发出绿莹莹的光。开始，他们俩都憋着，谁也不说话。

刁眼狼终于憋不住，指责花花肠狐狸说："谁让你抢着当原告的？咱们事先不是说好了吗？我当原告，你当证人！"

"你还说呢！你离车轮子那么远，我不顶上去，谁信你被撞了？"花花肠狐狸一点儿也不示弱，"再说，主意都是我出的，凭什么让我得赔款的三分之一，你得赔款的三分之二？公平吗？"

"好了！好了！咱俩都是原告！"刁眼狼说，"今天晚上，咱们俩被隔离观察,明天早晨查出咱们俩什么毛病也没有就糟了!"

花花肠狐狸说:"那还不好办?咱们把开关给他关了,明天早晨再打开,让犀牛法医什么也查不出来!"

"好!"刁眼狼说,"你花花肠子就是多!"

"嘿嘿!"花花肠狐狸发出了得意的奸笑,他关掉了刚才犀牛法医开的那个床头柜上的按钮。

观察室外的夜风,十分凛冽。

真相大白

天蒙蒙亮的时候,花花肠狐狸和刁眼狼醒了,花花肠狐狸把床头柜上那个按钮又扭回了原处……

门开了,犀牛法医走了进来,问刁眼狼和花花肠狐狸:"休息得怎么样?"

"还好!"花花肠狐狸说。

犀牛法医打开床头柜上的一个抽匣,取出一个录音带似的东西。犀牛法医说:"你们身体的观察情况都真实地记录在这里!请放心,一切都会好的!"

犀牛法医走了,花花肠狐狸发出阴冷的笑:"哼哼!我让你什么也观察不着!"

公开审讯开始了,大象法官宣布说:"现在请犀牛法医公布对刁眼狼和花花肠狐狸身体观察的结果!"

　　刁眼狼和花花肠狐狸都显得非常平静，倒是老憨胖棕熊有点局促不安，他担心两个无赖装疯卖傻，法医的器材识不破他们。

　　犀牛法医把那录音带似的小匣放在一台录音机似的仪器里，按动了仪器上的按钮，那仪器竟然播放出来这样一段对话："谁让你抢着当原告的？咱们事先不是说好了吗？我当原告，你当证人！"

　　"你还说呢！你离车轮子那么远，我不顶上去，谁信你被撞了？再说，主意都是我出的，凭什么让我得赔款的三分之一，你得赔款的三分之二？公平吗？"

　　"好了！好了！咱俩都是原告！今天晚上，咱们俩被隔离观察，明天早晨查出咱们俩什么毛病也没有就糟了！"

　　"那还不好办？咱们把开关给他关了，明天早晨再打开，让犀牛法医什么也查不出来！"

　　"好！你花花肠子就是多！"

　　"嘿嘿！"

　　原来，放在犀牛法医面前的那台仪器就是一台普通的录音机，刚才播放的正是刁眼狼和花花肠狐狸昨天晚上在观察室中的对话。

　　昨天晚上，花花肠狐狸不是把那个按钮给关掉了吗？他们的对话怎么会被完整地录下来了呢？这个问题还是让犀牛法医来解答吧！

　　犀牛法医站起来说："各位先生，各位女士，昨天晚上花花肠狐狸不是把开关给关上了吗？他关掉的并不是录音机的开关，而只是一个无频道收音机的开关。我昨天晚上之所以要当着他们的面开一下开关，就是要误导一下他们的注意力，让他们确信，观察他们身体的'仪器'的开关就是那个按钮，然后，让他们自己关掉它。而真正的仪器——听录音机的开关一直控制在我的手里。不管花花肠狐狸多么狡猾，刁眼狼多么刁顽，真相是一定要大白于天下的！"

大象法官站起来说："各位先生，各位女士，事实已经证明，老憨胖棕熊先生是无辜的！"

小动物们纷纷走到胖棕熊跟前，对他说："祝贺你！老憨！"胖棕熊眼中流出了热泪。

公正的宣判

"肃静！"大象法官继续宣布，"刁眼狼和花花肠狐狸犯了讹诈钱财罪和扰乱社会治安罪，我宣布，立即将他们逮捕！胖棕熊先生无罪释放！"

法庭内外，欢声雷动。

"咔！咔！"小狗法警给刁眼狼和花花肠狐狸带上了手铐。刁眼狼和花花肠狐狸最终受到了法律的制裁。

老憨胖棕熊继续在林区公路上忙忙碌碌地开着他的汽车，靠实打实的劳动积累着自己的财富。

请小读者 回答

犀牛法医是怎么弄清刁眼狼和花花肠狐狸的鬼把戏的？

答案：

犀牛法医在他们待的房间里放了一台录音机，录音机把他们互相抱怨的对话全录了下来，而他们的怨言说漏了他们事先商量的鬼把戏。

Xiaorongji he xiaoqinniao

小绒鸡和小琴鸟

金丝雀是林子里最有名的琴师，他办了一所音乐学校，百鸟都仰慕他的名声，纷纷把孩子送到金丝雀大师的音乐学校学习。

小绒鸡和小琴鸟都喜欢弹琴，她们的家长把她们送到金丝雀的学校拜师学艺。金丝雀大师对新学员们说："孩子们，良好的教育，就像雕刻家的雕刻刀，可以把璞玉雕刻成精美的玉器。"

母鸡太太对琴鸟太太说："金丝雀大师说得多好啊！"

在来音乐学校之前，琴鸟和小绒鸡都跟妈妈学习过弹琴。她们的妈妈从来没有受过正规的音乐训练，因此，小绒鸡和小琴鸟学得也都不规范。金丝雀不得不纠正她们的毛病，教起来非常吃力。

金丝雀大师只好对他的学生们从教基本乐理开始，教她们一句一句地唱："哆——来——咪——"

小琴鸟跟着金丝雀大师一句一句地唱起来："唧——唧——唧——"

小绒鸡却叫起来："妈妈送我到这里来是学琴的，不是让我来学'哆来咪'的！"

"孩子，任何音乐大师都是从基本乐理开始学习的！"金丝

雀大师耐心地对小绒鸡解释说，"你也不能例外！"

小绒鸡没有办法，只好和小琴鸟跟着金丝雀大师学习基本乐理。

金丝雀唱："哆——来——咪——"

小鸟们也都跟着唱起来，只有小琴鸟和小绒鸡唱成了"唧——唧——唧——"

金丝雀大师的耳朵特别灵，他从众多的小鸟的发声中一下子就听出了小绒鸡和小琴鸟的声音，他纠正说："小琴鸟和小绒鸡，听清楚，不是'唧唧唧'，而是'哆来咪'！"

"我知道。"说着小绒鸡又昂起头唱起来，"唧——唧——唧——"

金丝雀大师摇了摇头说："不正确的讲授造成的缺点，纠正起来，比从头教还难！"

"我分明唱的是'哆来咪'嘛！您还说我唱得不对！"小绒鸡固执地大声吼道："唧——唧——唧——"

"你分明唱的是'唧唧唧'嘛，怎么会是'哆来咪'呢？"金丝雀摊开双翅说，"真糟糕！我怎么跟你们讲不清楚呢？"

小琴鸟对金丝雀大师说："老师，我一定照您教的去改，不过，我得用录音机把您的声音录下来，回家后慢慢模仿。"她从书包里取出一个小录音机。

"好的！"金丝雀大师见小琴鸟打开了录音机，他亮开喉咙唱起来，"哆——来——咪——"

正在这个时候，家长们接孩子来了，小琴鸟和小绒鸡的妈妈也来接她们了。琴鸟妈妈和老母鸡很关心孩子的前途，一块儿向金丝雀大师打听孩子们学得怎么样。

金丝雀大师坦诚地说："有的孩子在家时学过几天琴，有一定基础，但是，也养成了一些习惯性的毛病，必须得改。比如，小绒鸡和小琴鸟把'哆来咪'总唱成'唧唧唧'，回家后家长必须帮助孩子们纠正。"

琴鸟妈妈不住地点着头，小绒鸡的妈妈却不干了："什么？学了一天，才学了一句'哆来咪'？我们到你金丝雀大师这里来是学琴的，要学'哆来咪'，到你这儿来干什么？我们要退钱！退钱！孩子，咱们回家，妈妈教你！"

金丝雀大师说："为了孩子的前途，请鸡太太慎重考虑退学问题！"

鸡太太说："没有什么可考虑的，要是教'哆来咪'，谁不会呀？"

金丝雀只好给小绒鸡办理了退学手续。

小绒鸡并不想退学，回家的路上，

她一步三回头，望着金丝雀老师和她的同学们，可是她又拗不过自己的妈妈。

后来，小琴鸟和她的同学们继续跟着金丝雀大师学习音乐。小绒鸡只好在家里跟着妈妈学习唱歌、弹琴了。

几个月后，森林里要举行音乐大奖赛，金丝雀大师为自己的学生们报了名，小绒鸡的妈妈鸡太太也为小绒鸡报了名。

音乐大奖赛开始了，小鸟们一个个登台献艺……

报幕的小百灵宣布说："下一个节目，小绒鸡表演，自弹自唱《鸡宝宝》！"

小绒鸡端着自己的琴，走到了台上。第一次在这么多观众面前演出的小绒鸡好紧张啊。她望见妈妈在向她点头，她的心才平静下来。

黑鸭子小乐队为她弹起了前奏，她傲然地弹着琴昂起头唱起来："咯咯哒！咯咯哒！"

"噢——"台下的观众大笑起来，"怎么跟她妈妈下蛋时的叫声一样啊？"

小绒鸡的脸变得煞白，立即捂着脸哭着冲下台去。

小绒鸡的表演遭到了惨败。

轮到小琴鸟上台演出了。她的老师金丝雀拍着她的头说："孩子，别慌，你很有希望在比赛中折桂！"

小琴鸟听了老师的话，信心十足地端着自己的琴架走上台去。

黑鸭子小乐队为她奏起了欢快的前奏，她动情地挥起了翼手，小琴鸟把一曲优美动人的《百鸟啼》送入了天际。林子里静极了，只能听得见小琴鸟如丝的琴声……

她的琴声戛然而止，林子里爆发出雷鸣般的掌声。观众们有节奏地喊起来："琴鸟！琴鸟！"

小琴鸟荣获了这次音乐大奖赛的冠军，她成了与金丝雀齐名的琴师。

小绒鸡呢？跟她妈妈一样，成为一个只会生蛋的机器，每次生了蛋从鸡窝里出来，她都要发出"咯咯哒，咯咯哒"的叫声。

金丝雀大师的音乐学校里，又来了一批新学员。金丝雀大师对新学员们说："孩子们，良好的教育，就像雕刻家的雕刻刀，可以把璞玉雕刻成精美的玉器，不得法的教育，也可以毁掉一块璞玉之材。"

鸟妈妈们站在一旁，都信服地点着头。

请小读者 回答

金丝雀大师在故事的一开始和结尾都讲述了一个深刻的道理，是什么呢？

答案：

良好的教育，就像雕刻家的雕刻刀，可以把璞玉雕刻成精美的玉器，不得法的教育，也可以毁掉一块璞玉之材。

J *iaotianzi de gushi*
叫天子的故事

　　森林音乐会就要召开了，林中的各种鸟儿为了在音乐会上取得好成绩，都在林子里认真地练习唱歌。

　　小黄莺是夺取冠军的热门人选，她站在一棵大榕树的枝桠上吊着嗓子："啊——啊——呜——呜——"

　　另一棵树上也发出鸟儿的叫声，那是小百灵和叫天子在练习唱歌的声音。

　　小百灵飞过来，对小黄莺说："小黄莺，你说，这次森林音乐会谁能得冠军？"

　　小黄莺说："那还用问吗？"她的意思是说，冠军不是我，还能属于谁？

　　"谁呀？"小百灵不解地问。

　　"我呀！"小黄莺毫不含糊地说。

　　"哟——你怎么这么不虚心呀？"小百灵对于小黄莺这种说法很有意见，"我还想在音乐会上得冠军呢！"

　　"哟——不害羞！"小黄莺用手刮着自己的脸蛋，"你的歌哪有我唱的好听呀？"

　　"你们两个都不要吵了好不好？"另一棵树上传来了劝架声，

叫天子飞过来说，"你们唱得都很好听，都有希望在音乐会上取得好成绩！再说，你们这样吵，也影响别人唱歌呀！"

"别人？"小黄莺不解地问，"谁还在这里唱歌呀？我怎么没有听见呀？"

"怎么？没有听见？"叫天子惊讶地说，"我一直在这里练习发声呀！"

小黄莺竟然咯咯地笑起来："天哪！你那也叫唱歌吗？"

小百灵也说："在我们鸟儿歌手中，哪有你的份儿呀？"

叫天子一听，非常生气，她心想，我不在你们这儿练习了，我走还不行吗？这样想着，叫天子飞走了。她飞出好远好远，飞到了小黄莺和小百灵听不到她的歌声的地方，继续刻苦地练习唱歌……

小黄莺和小百灵见叫天子走了，应该认真练习唱歌了吧？没有，她们又继续恢复了吵架。

小黄莺说："当然应该是我当冠军！"

"怎么会是你？"小百灵也不示弱，"冠军是我！是我！就是我！"

"是我！"

"我！"

……

她们吵得天昏地暗的，吵得她们俩嗓子都哑了，还不肯停止争吵……

叫天子却在很远很远的树上认真地练习唱歌，一直练到了音乐会召开的那一天。

森林音乐会如期召开了，森林中的百鸟歌手们都飞到了音乐厅参加比赛。

小黄莺和小百灵都先后到台上向听众献上自己最拿手的歌。各种鸟儿也都登台献艺。

小黄莺和小百灵都信心百倍地期待着评选委员会宣布自己荣获冠军的消息。

她们谁也没有想到，冠军不属于她们，甚至她们连好的名次

也没有取到，她们不仅在无休止的争吵中浪费了宝贵时间，也毁掉了自己嘹亮的嗓子。

取得优秀成绩的都是一些名不见经传的鸟儿们，而冠军的桂冠竟然落到了叫天子的头上，功夫不负苦心人，叫天子刻苦训练得到的回报是荣誉和鲜花。

请小读者 回答

▶ ▶ ▶

小朋友，世界上真的有叫天子这种鸟吗？

答案：

当然有啦，叫天子也叫云雀，云雀的叫声清脆嘹亮，他才是林中真正的歌唱家呢！

沙漠里的金蛋蛋

驼鸟大叔和驼鸟大婶志愿在沙漠边缘植树种草。一天，夫妇俩在沙漠里种草，一直干到天黑，什么都看不见了，驼鸟大叔和大婶这才想起该回家了。这时，天上划过一颗流星，向着他们家的方向落去……

他们扛着镢头回到家，驼鸟大婶每天回家都要到沙窝去看看自己下的蛋，今天也不例外，她来到沙窝前，咦？真奇怪，离开家的时候，窝里明明是四个蛋，现在怎么变成了五个？中间那个蛋是金灿灿的，和其他的蛋都不一样。驼鸟大婶问丈夫："亲爱的，是你捡回来的蛋吗？"

驼鸟大叔说："我在路上捡到东西总要交到镇公所去的，是不是本来就是五个蛋，你记错数了呢？"

"怎么会呢？我难道连这么几个蛋都数不过来吗？"驼鸟大婶矢口否认。不管怎么说，窝里多了个蛋总比少了好，驼鸟大婶非常高兴，她决定明天不再去种草，留在家里孵蛋。

第二天一早，驼鸟大叔种草去了，驼鸟大婶留在家里孵蛋。她卧在蛋上，脸上现出神圣的样子，大约做妈妈之前神情都这样庄严。

鸵鸟大婶在蛋上一卧就是二十多天，非常辛苦，这天晚上，鸵鸟大婶觉得身子下面有响声，她连忙起来，侧着耳朵伏下身子听了听，蛋里有动静，她连忙喊丈夫："亲爱的，快来，我要做妈妈啦！"

"我们的孩子在哪儿？在哪儿？"鸵鸟大叔跑过来一看，大失所望地问，"怎么还是光溜溜的蛋呀？"

"我嫁给你的时候，妈妈对我说过生孩子的注意事项，说我们孵蛋，跟鸡不一样，我们的蛋壳厚，妈妈得帮助孩子来到这个世界上，这叫助产，懂吗？亲爱的！"说着，鸵鸟大婶用嘴在一个蛋壳上啄了几下，蛋壳破了，一只小鸵鸟从蛋壳缝中爬了出来。接着，鸵鸟大婶又啄破了第二个蛋，第二只小鸵鸟也问世了，接着是第三只、第四只。

鸵鸟妈妈期待着从那个金灿灿的蛋里孵出第五只小鸵鸟，但是，无论鸵鸟妈妈怎么啄，那个金蛋蛋也不破，可把鸵鸟大婶急坏了！

这是怎么回事呀？丈夫在旁边急得来回不停地走。他突然想起见多识广的沙狐先生，他跑到沙狐家，说："沙狐先生，我

妻子孵蛋，孵出了四个，最后一个金蛋蛋怎么也孵不出来！请您帮助去看看吧！"

沙狐来到鸵鸟家，一看，他惊讶得合不拢嘴："恭喜呀！它不是鸵鸟蛋，是从天上掉下来的纯金陨石蛋呀！这是上天对你们的奖赏！你们还种什么草，治理什么沙漠呀！把它卖掉，你们就发了大财啦！"

鸵鸟大婶一听，立刻想起来了："对，一天晚上，是有一颗流星落在咱们家这个方向，原来就是它呀！可是，我们不能要它。"

不光是鸵鸟大叔，就连沙狐先生也惊讶地问："为什么呀？"

鸵鸟大婶郑重地对丈夫说："亲爱的，既然是从天上掉下来的，就是公共财产，大家都有份儿，我们把金蛋蛋交给狮子王陛下，由他处置。"

鸵鸟大叔认为鸵鸟大婶说得对，第二天，鸵鸟大叔带着金蛋来到动物王国首都，进王宫把金蛋蛋献给了狮子王。狮子王让手下把金蛋送到天文博物馆陈列，为表彰鸵鸟夫妇，狮子王奖赏给鸵鸟很多很多的钱。

很多臣民都认为鸵鸟夫妇可发大财了，用不着在沙漠里干种草、种树这样的重活了。鸵鸟夫妇却把钱都买了草籽、树种和种草、种树的工具，他们继续从事改造沙漠的劳动。在治沙者的行列中，

还多了四个小字辈，那就是降生不久的四只小鸵鸟。

鸵鸟一家子一直过着清贫的小日子，可是，沙漠里的小动物们都非常敬重鸵鸟大叔和鸵鸟大婶。

请小读者 回答

鸵鸟大婶和鸵鸟大叔在得到陨石金蛋蛋后，是怎么处理的呢？

答案：

鸵鸟大婶和鸵鸟大叔一起把陨石金蛋蛋交公，请狮子王处理，狮子王命令手下把陨石金蛋蛋送到天文博物馆陈列。

小白兔和菟丝子

　　小白兔是动物王国中的弱者。

　　他志大才疏，总想当一个猎人，因为动物王国所有的动物都怕猎人，连老虎都怕猎人呢！

　　小白兔到兵器商店买了一杆猎枪和子弹袋，他把子弹袋和猎枪挎在身上，见了谁都高兴地宣布："我要当上猎人喽！"

　　小白兔立下了当猎人的志向，却从来不练狩猎的本领。

　　这一天，他在森林里碰上了小松鼠，他对小松鼠说："你怕猎人吗？"

　　"怕！怎么不怕？"小松鼠说。

　　"我就是猎人！"小白兔晃晃手中的猎枪说，"看！这是我的猎枪！跟我去打猎吧！"

　　"好的！"小松鼠也是森林中的弱者，他巴不得在小动物中寻找一个可以依靠的强者。

　　他们准备了一条绳索，就上路了。

　　在密林深处，他们碰上了威武的老虎。

　　小松鼠提议："小白兔，咱们打一只老虎吧！打死了老虎，你就是动物王国的大王了！"

 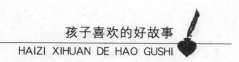

"真的？"小白兔高兴地说，"我要是当上了动物之王，你就当我的勤务兵！"

"哟——什么话？"小松鼠这才知道，就是小白兔当上了动物之王，也要骑在他的脖子上作威作福，他不能不对小白兔提出自己的合理要求，"你要是当上了动物王国的大王，怎么也得封我当个丞相什么的吧？要不怎么叫患难与共的伙伴呢？最不济，也应该让我当个大臣呀！"

"行——"小白兔不情愿地说，"那就让你当个大臣！"

小松鼠说："快！快打吧！要不，老虎就跑了！你打翻了他，我就冲上去捆住他，再把他送到动物园里去展览！"

"行！你看我的吧！"小白兔手中的枪瞄准了老虎。

突然，小白兔的手哆嗦了，他问小松鼠："如果我一枪打不死老虎，老虎反扑过来，你能救我吗？"

"什么？"小松鼠感到一阵后怕，"幸亏你事先提到这个问题！你还有可能打不着？还让我救你？你看看我像打老虎的吗？我要是有那个本领，我就不跟着你打猎来了！我们还是不要打老虎了！"

他们悄悄地离开了老虎，又来到了森林的另一边，他们看到

一只虎雀在树上，小白兔说："要不，咱们打一只虎雀吧！他常常钻到老虎的嘴里去帮助老虎剔牙，是老虎的亲信，打死了他，也灭灭老虎的威风！"

"好的！"小松鼠说，"我最恨虎雀了！打死了他，也可以解我的心头之恨！"

小白兔的猎枪又瞄准了树上的虎雀，他刚要扣动枪机，突然问小松鼠："如果咱们打不死虎雀，他要是到老虎那里告咱们一状，怎么办？他可是老虎最信任的鸟呀！"

"幸亏你想到这一点了！"小松鼠说，"如果咱们打不死虎雀，他又是会飞的，他飞到老虎那里，给咱们告了状，让咱们俩吃不了兜着走！我看，还是别打他了！"

就这样，小白兔和小松鼠又没有打虎雀。

小白兔扛起枪带着小松鼠又往前走。

他们走出了森林，来到了庄稼地里。

在一片豆子地里，他们听到了一阵沙沙的声音。

小白兔和小松鼠立即趴在地上，他俩使劲地向前张望，终于，他们看清楚了，在一棵豆子上，他们看到了一只地老虎。

地老虎在地底下吃饱了，喝足了，来到地面上凉快凉快，他跷着二郎腿儿，惬意地哼着小曲儿。

小白兔朝小松鼠努了努嘴说："打他，怎么样？"

"一只地老虎？"小松鼠说，"要是让别人听见了，多难听呀？两个大小伙子，扛着枪，才打死了一只地老虎！"

小白兔不爱听了，说："地老虎怎么啦？那也是虎！说不定，地老虎跟老虎还沾亲带故呢！"

小松鼠听了，惊叫一声："哎哟！幸亏你提醒了我，不能打！不能打！他要是真的跟老虎沾亲带故，你我还不闯了大祸呀？"

"对！"小白兔说，"地老虎跟老虎一说，老虎一发威，咱们俩还怎么敢出门呀？"

"那怎么办呢？"小松鼠问，"总不能让他从咱们眼皮子底下逃走了呀！"

小白兔说："有了！我向着他开一枪，把他吓走了就算了！"

小松鼠说："行！"

小白兔端起枪，瞄准了地老虎躺的豆子叶，他勇敢地扣动了枪机："砰——"

枪响了，小白兔的枪法果然不凡，准确地击落了那片豆叶！

地老虎吓坏了，从豆子叶上滚落到地上大叫："哎哟，我的妈呀！这是谁呀？枪法这么准？"

地老虎仓皇逃走了，钻入了地下。

"哈哈哈！"小白兔发出一阵得意的笑声，那笑声不亚于世界上任何一个狩猎者的笑声！

"哈哈哈！"小松鼠也发出一阵大笑，不过，他笑得很有分寸，他知道，自己的身份不过是小白兔的帮办，他的笑声不亚于世界上任何一位帮办的笑声。

小白兔和小松鼠走过去，望着刚才地老虎躺过的那棵豆苗。

小松鼠说："这可是地老虎躺过的豆秧，不能饶了它！"

"对！"小白兔说，"应该把它捆起来！让它记住，今后不许帮助地老虎！"

说着小白兔和小松鼠用带来的绳索把那棵豆秧捆了起来！

一边捆，小白兔一边教训豆秧："让你今后还帮助地老虎！"

"再帮助坏蛋，这就是你的下场！"小松鼠说。

豆秧委屈极了，可是，它什么也说不出来。

时间过得真快，豆秧和那条绳索长在了一起，而且，那条绳索也仗着小白兔的势力，吸取豆秧的养料。

久而久之，人们看见豆子上捆着金黄色的绳索，就想起小白兔打猎的故事，人们给他捆豆秧的绳索起了个名字，叫"菟丝子"。

请小读者 回答

小朋友，你知道菟丝子是什么吗？

答案：

菟丝子是一种一年生草本寄生植物，一般寄生在豆科植物上，开白色小花，靠吸收植物养料生存，对于栽培的植物有害。

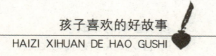

中国古代故事

ZHONGGUO GUDAI GUSHI

Y *ongguan sanjun de huoqubing*

勇冠三军的霍去病

西汉时期，北部边陲常受到匈奴贵族率领的骑兵的侵扰，百姓不能安居乐业。这一年，匈奴大军再次进犯北疆。汉武帝大怒，派车骑将军卫青率领三万骑兵抵抗匈奴的进犯。

卫青的外甥霍去病这时刚刚18岁。霍去病立志做个卫青那样的将军，他从小天天练武习文，成为汉武帝御林军的青年军官。他听说舅舅带兵出征，他想，这次不跟着舅舅出征，什么时候能建功立业呢？他跑进王宫，对皇上说："好男儿应该报效国家，请陛下派我跟舅舅出征！"汉武帝见霍去病胆识超群，高兴地说："朕封你做校尉，你到营中挑选八百儿郎，由你来指挥！"

第二天，霍去病带着八百名年轻士兵赶到大营报到。大将军卫青对他说："我虽然是你的舅舅，你却只能杀敌在前，退却在后！"

不久，霍去病跟随着大军开赴前线，来到北部沙漠边缘，卫青派出几支部队出去巡逻。不久，几位将军纷纷回来报捷，他们在与匈奴部队的遭遇战中都打了胜仗。

天渐渐黑下来，却总不见赵信、苏建和霍去病率领的人马回营。卫青很着急，莫非他们出了意外？

不久，满身鲜血的苏建跟跟跄跄地跑回大营，哭着向卫青报告："大将军，我们遇到敌军主力，陷入重围，赵信那个胆小鬼见势不好，投降了敌人，我和几十个弟兄冲出了重围……"

卫青让苏建下去疗伤，他的内心更不安了，霍去病怎么一点儿消息也没有呢？他派出一支部队去接应霍去病。不久，接应的部队回来了，带队的将军向卫青禀报："大将军，我们走出大营几十里，也没见到霍校尉他们的影子！"诸位将军都替霍去病捏着一把汗，断定他的部队凶多吉少。卫青独自来到帐外，望着满天星斗，不安地等待消息，他的忧虑不是没有道理的，毕竟这是霍去病第一次带兵打仗呀！

这时，霍去病率领的部队正奔驰在大草原上，开始，霍去病并没想离开汉军大营太远。一个骑兵探马来报告说："校尉，前面有一支敌军部队！"霍去病杀敌心切，率领骑兵部队拼命向北追去。天色渐渐地晚了，周围除了这支小部队，再也没有其他的汉军了。霍去病正想收兵回营，一个战士指着前面叫起来："校尉，有灯光！"

啊——那不是敌军的营盘吗？霍去病果断地下达命令："弟兄们，杀敌立功的时候到了，人衔枚，马上嚼子，谁也不许发出声音，这里显然驻扎着敌军的主力，我们来个夜袭敌营！"

子夜时分，塞北的夜晚寒气逼人，霍去病率领的八百儿郎突然闯进匈奴主力部队的大营。匈奴的士兵都进入了梦乡，他们做梦也没想到，汉军竟然有这样的胆量，深更半夜离开大本营那么远，杀到营中来。敌军士兵听到喊杀声，有的急忙找衣服，有的去找兵器，霍去病率先杀进营帐中，用长枪挑破了幔帐，枪挑剑砍，一连杀死了十几个敌人。他手下士兵见霍去病这样英勇，也都奋不顾身地冲进敌人的营帐，斩杀敌人。

一个敌人的弓箭手看出霍去病是这支部队的将领，躲在阴暗的角落里拉弓放箭，一箭射中霍去病的左臂，霍去病险些从马上掉下来。他大吼一声，冲过去，一剑砍翻了放冷箭的敌人！战斗中，霍去病发现一座豪华的大帐，他知道，这里面一定躲着敌军的首领。他带着几十个弟兄冲进去，在大帐里抓到了匈奴单于（总首领）的叔父、祖父和几个首领。

这一仗，打得真漂亮，共俘虏、杀死敌军两千多人。黎明时分，霍去病带着弟兄们押着俘虏凯旋，他派人先回营向卫青报捷。卫青非常高兴，连夜派人向汉武帝报喜。汉武帝当即下诏书表彰霍去病，封他为冠军侯。霍去病在战斗中成长，立下赫赫战功，成为一代名将，他勇冠三军的故事一直被后人传颂。

请小读者 回答

霍去病的部队在第一次战斗中消灭多少敌人？战后他被皇帝封为什么官职？

答案：

在第一次战斗中，霍去病率领部队消灭并俘虏敌人两千多人。战后，皇帝封他为"冠军侯"。

M ochi de gushi

墨池的故事

　　晋代出了一位大书法家，叫王羲之，他被封为右军将军，后人都称他"王右军"。王羲之把书法艺术发展到一个新的高峰，他的草书和楷书写得最好，他的书法代表作《十七帖》和《兰亭序》流传到今天，被书法界看成是稀世珍品。王羲之小时候学习书法，还有许多动人的故事呢！

　　王羲之出身于贵族家庭，父亲喜爱读书，字也写得特别好。王羲之受父亲影响，他从小爱读书，尤其喜爱书法，他迷上了写字。他走到哪里，都比比画画地揣摩字形和结构。一天，王羲之到父亲书房里去玩儿，无意中翻出来女书法家卫夫人写的《笔阵图》，他如获至宝，对父亲说："父亲，这本书给我看看吧！"

　　父亲说："这是一本好书，只是内容太深了，等你长大点儿再读吧！"

　　王羲之说："父亲不是教导孩儿说，功到自然成吗？只要我用心去读，一定会读得懂的，让我拿去看看吧！"父亲见他说得这样恳切，就答应了。

　　王羲之拿着书回到自己的房间，认真地读起来。《笔阵图》是一本专门教书法的书，它先讲了对笔墨纸张的要求，然后系统

地讲授了写字的技法和要求。卫夫人在书中说，写字要先学会拿笔，下笔的时候要用全身的劲送笔，写的字要有筋骨。卫夫人的话句句是理，说得王羲之心里亮堂堂的。王羲之不仅认真读这本书，他一边读，还一边揣摩字的间架结构，就连睡觉的时候，躺在床上他也在比比画画，这本书使他受益匪浅。

一天，他去向父亲汇报学习情况，王羲之说："写字也像打仗，要讲究布局。"父亲想不到王羲之小小年纪，竟说出这样深刻的体会，父亲断定，儿子写字会有出息的，他带着王羲之去见卫夫人，让羲之拜卫夫人为师。就这样王羲之跟着卫夫人学了多年书法。

王羲之还注意从前人的书法作品中学习书法。汉朝有一位擅长写草书的张芝，张芝比王羲之生活的时代早好几百年，王羲之没办法拜张芝为师，就千方百计地找到他的作品，临摹他的书法，在无数次的临摹中，悟出了张芝用墨、运笔和在纸上布局的规律，他从前人的书法作品中学习到书法的精髓。

王羲之练习书法，跟鹅还有关系呢！王羲之喜欢鹅，他经常站在水池边看鹅弯曲的脖颈和双脚在水中拨水的情景，从中悟出写字运笔的方法。

王羲之的父亲惊叹地说："这孩子练写字都到了痴迷的地步，

不管走到什么地方，看到什么，都跟写字联系起来。"

王羲之家乡临川有一方水池，池中的水原本是绿色的，清澈见底。王羲之听说汉朝的张芝从小在一个水池边练习写字，王羲之也效法张芝，常带着笔墨到水池边上练字，他总用水池中的水研墨、涮笔，久而久之，水池里的水都变黑了。家乡的人就把王羲之临池练字的水池叫"墨池"，也叫"洗砚池"。

后来，王羲之长大了，当了右军将军，他还不忘记写字。他的字被当时的文人墨客视为墨宝。人们一见到"王右军"的字，都爱不释手。

一次，王羲之见到一位卖扇子的老太太，老太太的小孙子得了重病，她手里的扇子一把也卖不出去。王羲之见了，把老太太的扇面上都写了字，还题上了"王右军"的别称。这些带有王羲之题字的扇子被街上的文人看到后，一下子抢购一空！

虽然这是传说，但是说明了王羲之的字在当时的影响之大。

请小读者 回答

王羲之的书法代表作是什么？

答案：

王羲之的书法代表作是《十七帖》和《兰亭序》，被书法界看成是稀世珍品。

为父吸痛的太子

　　北魏的魏孝文帝拓跋宏是南北朝时期一个很能干的政治家。小时候，拓跋宏被他的父亲魏献文帝立为皇太子，这时，他的生身母亲已经去世了。小拓跋宏是由他的奶奶冯太后抚养长大成人的。

　　拓跋宏的祖母冯太后是一个很能干的女政治家，可是，她办事也很霸道，弄得拓跋宏的父亲魏献文帝一点儿实权都没有。

　　皇帝和冯太后关系紧张，作为皇太子的拓跋宏就难办了。一个是自己的父亲，一个是自己的祖母，向着谁呢？偏向哪一边儿都不好。拓跋宏是有名的孝子，他不能不听父皇的旨意，又不好不听冯太后的话。面对这场复杂的宫廷斗争，小小的拓跋宏处理得很得体，在父亲和祖母之间起了很好的调和作用。

　　专横的冯太后觉得拓跋宏年纪幼小，孙子比当皇上的儿子好控制，她总想让小孙子拓跋宏早点继位当皇帝。为了达到这个目的，甚至想谋害魏献文帝。

　　冯太后想让孙子和她一起向魏献文帝施加压力，逼皇上退位。冯太后以为，这个目的很容易达到。冯太后没想到拓跋宏年纪虽然很小，却是个对父亲极孝顺的儿子，他也尊重祖母冯太后，听

从她的教导，但他从来不依仗祖母对他的恩宠向父亲施加压力，更不要说逼着父亲退位了。

在冯太后的步步紧逼下，魏献文帝急火攻心，后背上长了一个毒痈。太医们用了各种各样的药，也没治好魏献文帝的毒痈。

儿子得了病，冯太后应该比谁都着急呀，她不但不着急，反而乐坏了，她想："要是皇帝背上长的毒痈好不了，死掉了，那就太好了，我就把小皇孙宏儿扶到金銮殿上当皇上。"

这时，拓跋宏只有四岁，他却不这么想。拓跋宏天天跑到父亲的寝宫里去探视父皇。父皇背上的毒痈长得像个大馒头，可吓人啦！魏献文帝疼得额头上直冒冷汗，在床上翻来覆去地折腾，痛苦地大喊大叫。

拓跋宏天天守候在父亲床前，宫女端来了药，拓跋宏总是先尝一尝，等不烫了，再让父亲喝下。一连吃了御医开的好几服药，皇上背上的毒痈也不见消去，小小的拓跋宏非常难过。

到了夜间，拓跋宏从自己的寝宫都能听见父皇痛苦的喊声，拓跋宏伤心得直流眼泪，他恨不得替父亲去生病。

　　这天早晨，拓跋宏出了寝宫，他见宫里的太监和宫女们都在悄悄地议论："皇上怕是活不了几天了！"

　　拓跋宏听了，心中非常害怕，他赶紧来到父皇的寝宫，见父亲背上的毒痈隆起得更高了，毒痈的尖儿亮亮的，里面全是浓血，有的地方已经破了。

　　拓跋宏问太医："是不是把痈里的脓血全吸出来，父皇的病就好了呢？"

　　太医惊恐地说："应该是这样……臣也不敢担保。请太子恕罪！"

　　"这么多御医，难道谁都治不好父皇的病吗？"谁也没想到，生气的皇太子拓跋宏扑上去，用嘴对准了父皇背上的毒痈，像婴儿吮吸奶头那样用力一吸，竟然吸出一大口脓血！皇上疼得大叫一声，昏死过去！

　　宫女们都吓坏了，连忙送上清水请太子漱口。

　　不久，皇上醒来了。谁知，奇迹出现了！皇上背上的毒痈被吸出脓血后，身体轻松了许多。过了几天，皇上背上的毒痈消失了，再过了几天，皇上的病竟然

完全好了！

皇上的病好了以后，见人就说："我的病能好，多亏了宏儿为我吸痈啊！"

一年后，魏献文帝为了缓和同冯太后的矛盾，主动把皇位让给了儿子拓跋宏，这时，拓跋宏只有五岁。把皇帝的宝座让给一个五岁的孩子，让小孩子治理一个国家，这种做法是很荒唐的。但是，拓跋宏孝敬长辈的故事从此传为美谈。后来，拓跋宏渐渐成长为一个非常能干的皇上，做出了一番大事业。

请小读者 回答

拓跋宏不是医生，他是怎么治好皇上魏献文帝的病的？

答案：

拓跋宏趴在父亲的背上，用嘴吸出毒痈里的脓血，魏献文帝的病竟神奇地好了。这在当时是不得已的办法，现在医学发达，小朋友的亲属得了这种病，不要效法这种做法，我们学的是这种精神。

Za gang jiu huoban
砸缸救伙伴

司马光是北宋时期杰出的史学家、文学家和政治家，他曾经当过宰相，晚年，专门编纂史书，完成了不朽的史学和文学名著《资治通鉴》。

司马光一生取得那么大的成就，不是偶然的，他童年时代就表现出过人的聪明才智。

司马光六七岁的时候，有一天，他和一群小伙伴在花园里玩耍，他们一会儿玩捉迷藏，一会儿踢球，玩得可开心啦。

谁也没注意，有一个性格很孤僻的小伙伴儿没有跟大家一起玩儿，他怕被别的小伙伴儿抓到，不愿意玩捉迷藏，也不会踢球，只好一个人在假山上玩耍。他觉得从假山这边的洞里往另一边看很好玩儿，他想，我从来还没有爬到假山的顶上玩儿过呢，他费了好大的劲儿，往假山的顶上爬去。他终于爬到了假山的顶上，他开心极啦。望着在假山下面踢球的小伙伴儿们，心想，你们把那只球踢来踢去，有什么好玩的？看我，登上了山顶！他伸出小手向下面挥动，他想向伙伴儿们炫耀一下，同时招呼大家到假山顶上来玩儿："啊……上来玩……"

假山顶上的面积毕竟很小，他站立不稳，那个"玩"字还没

完全喊出来，他小身子一晃，就失足跌下了假山，谁知，假山后有一只盛满了水的大水缸，"咚"的一声响，这个小孩儿不偏不歪，正好掉在水缸里。那水缸里的水很深，能够淹没这个孩子的身子，他一边喊"救命"，一边拼命在水缸里挣扎！

正在踢球的孩子们一看到这个孩子掉进水缸里，谁也没有遇到过这种情况，吓坏了，都向前院跑去叫大人，他们一边跑，还一边喊："有人掉在水缸里啦！快来救人呀！"

时间是不等人的，那个孩子一会儿沉下去，一会儿浮上来，他的嘴里"咚咚"灌了几口水，时间长了，他就是不被淹死，也要被水呛死，生命危在旦夕！

院里的小伙伴只有一个孩子没有跑，谁呀？他就是司马光。司马光知道，跑回去叫来了大人，这个小伙伴儿也就没命了。他想，必须尽快救人！他跑过去，想从水缸里把小伙伴拽出来。谁知缸沿儿太高啦，他根本够不着，就是够得着，他的劲儿也没有办法把这个孩子拉出来，这个办法不行。他只好向前院跑去，谁知，他跑得太急，被一块石头绊了一下。这一下绊得好，竟然使司马光聪明的小脑瓜儿开了窍，他想，我要是用这块石头把水缸砸个洞，让缸里的水流出来，这个小伙伴儿不就淹不死了吗？

　　时间不允许司马光再想其他的办法，他搬起那块石头，回到水缸边，使足全身的力气，朝着水缸砸去！"咣当"一声响，水缸被砸了一个大洞！

　　"哗——"水缸里的水从洞里流了出来！

　　不一会儿，水缸里的水流光了。水缸里传出落水小孩儿的哭声。

　　那个孩子得救啦！司马光乐了！他在洞口朝缸里喊："你呀，死不了啦！还哭什么呀？快出来吧！"那个孩子从水缸被砸开的洞口爬了出来，他还一把鼻涕一把泪地哭呢。

　　一会儿，大人们都来了，那个孩子的娘也来啦，见司马光正在哄那个水淋淋的孩子呢。再看那口水缸破了一个大洞，洞里有一块大石头，缸里的水流了一地。大人们都惊呆了，不知这个孩子是怎么被救的。司马光惴惴地说："我……我为了救他……把缸给砸啦……怎么办哪？"

司马光的父母笑着说："救人一命要紧，一口缸算什么呀？"

司马光砸缸救伙伴儿的事很快传遍了，人们都说，司马光是个聪明过人的"小神童"，后来，有一位画家还画了一幅《小儿击瓮图》，来赞扬司马光砸缸救伙伴儿的事迹呢！

请小读者 回答

▸▸▸▸

司马光长大以后，完成了什么史学和文学巨著？

答案：

司马光长大以后，完成了《资治通鉴》这部伟大的史学和文学巨著。

Wangmian he mogu huafa

王冕和没骨画法

元朝末年，出了一位大画家，他首创了没骨画法，他就是王冕。

王冕出生在浙江诸暨的一个贫苦农民家庭，为生活所迫，他从小只得给财主家放牛，没有条件上学。王冕特别羡慕那些在学堂里读书的孩子，每当他放牛路过学堂时，他的脚就走不动了，孩子们朗朗的读书声在他听来，就像唱歌一样好听。他每天都路过学堂，他把牛拴在学堂外草地上，自己趴在学堂的窗下听老师讲课，听学生读书。他边听边默默地记老师讲的内容。他想，要是我也像别的孩子一样能上学该多好呀？

一天，他在学堂的窗下听老师讲课着了迷，一直到傍晚才想起牛来，到了拴牛的地方一看，糟糕，牛早就不见了。爹爹听说他把财主家的牛给弄丢了，气坏了，拿起棍子揍了他一顿，爹爹边打边斥责他：

孩子喜欢的好故事
HAIZI XIHUAN DE HAO GUSHI

"看你还到不到学堂去？"

然而，棒打并没有改变王冕到学堂去听老师讲课的习惯，更没有打消他强烈的求知欲。他已经不满足到学堂外听听课了，他要读书。没有书怎么办呢？他就东借西借，借到了书，白天要干活，没时间看，等到天黑了，他才能抽空读书。家里没有灯油，摸着黑怎么能看书呢？这难不住王冕，他跑到寺庙里，借着佛像前的长明灯，常常一看就看一个通宵。寺庙里的神像一个个瞪着王冕，他不害怕吗？王冕为了读书，什么都忘掉了。

后来，父亲病故了，家里的日子更艰难了，但这没有磨灭王冕追求学问的决心和斗志。

王冕的兴趣非常广泛，他除了读书，还喜欢画画儿。开始的时候，王冕并不会画画。一个初夏的傍晚，雨过天晴，秀丽的湖光水色把王冕吸引住了，强烈的日光从天边的云层里射出来，荷叶上的水珠像珠子一样滚来滚去。王冕看了，从内心产生了一种激情，他想，我要是能把这美丽的景色画下来该多好啊！可惜我不会。他转念一想，不会怕什么？可以学呀！天下没有学不会的事情。

他向别人借来了几支旧毛笔，买了几张纸，把树叶捣成绿颜料，把红石头研成粉当红颜料，一个人坐在池塘边画起画来。他先学习画荷花，开始，他画得一点儿也不像，他没有灰心，一张画坏了，他就再画一张。他一边画，一边对荷花进行细致的观察。慢慢地，他画的荷花越来越像了。

　　王冕把自己画的画拿到集市上去卖，人们都说，王冕画的荷花就像从池塘里刚采来的一样，非常逼真，大家争着买他的画。他家里渐渐地有了剩余的钱，他把一部分卖画挣来的钱用于购买纸张、颜料和笔，另外，他还用剩余的钱给母亲和自己买些衣服。

　　总不能只画荷花呀，后来，王冕绘画的内容广泛多了，他开始画山水和动物，画什么都能表现得恰到好处。

　　王冕除了绘画还学习写诗，他常常把写的诗题写在自己的绘画作品上，他的诗歌同样受到老百姓的喜爱。

　　后来，一些绘画的行家看了王冕的画，认为他绘画的技法是"没骨画法"，非常惊讶。王冕从来没跟人家学过绘画，他也不知道什么叫"没骨画法"，他看到大自然中的东西是什么样子，再加上自己的体会，就画了出来。王冕深深地感到自己孤陋寡闻，他认为再也不能这样独自一个人画下去了，他想出去见见更大的世面，只是苦于没人照顾自己的母亲，他陷于苦闷之中……

　　一天，里长来通知他，说县里的一个军官看中了他的画，让他画几张送去。王冕气坏啦，他一向不愿意与当官的打交道，他不愿意理

睬他们。

怎么办呢？王冕觉得在家里待不下去了，他把母亲托付给邻居照看，在一个凌晨，他悄悄地离开了家，他去了什么地方，谁也不知道，有人说，他去了杭州，也有人说，他去了更远的地方。

王冕的画和诗对后来的许多画家产生了巨大的影响。在他以前已经有了"没骨画法"，但是，没有他画得这样精湛。到了王冕生活的时代，"没骨画法"正式被确立为一个画派，后世公认王冕是"没骨画法"的首创者。

请小读者 回答

王冕是哪个朝代的人，他首创了什么画派？

答案：

王冕是元朝人，他首创了没骨画派。

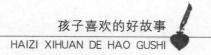

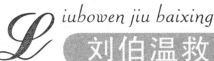

Liubowen jiu baixing

刘伯温救百姓

刘伯温本名叫刘基，他是明朝的开国第一谋士，当过明朝皇帝朱元璋的军师。他足智多谋，精通军事韬略，是不可多得的"智多星"，民间有许多关于他的传说故事。

刘伯温小时候生活在元朝政府统治之下，那时候，人民生活非常痛苦，并且没有自由。刘伯温非常痛恨元朝官府，同情受苦受难的老百姓。刘伯温10岁那一年，他的家乡浙江文成县发生了百年不遇的旱灾，粮食颗粒不收，官府还强逼着老百姓交租交粮，而且一颗都不能少，这一带的老百姓苦不堪言，老百姓交不上赋税，被逼急了，发起了抗租、抗税的斗争。

文成县的县官是个刮地皮的贪官，他对上面报喜不报忧，不但不说这里的老百姓遭了灾，反而说老百姓要造反抗交皇粮。

京城里的皇上见了县官的奏折大怒，派了一位钦差大臣带着兵丁来到文成县调查情况，镇压老百姓。

当地的财主和劣绅们见朝廷派来了官员，他们都喜出望外，想借朝廷的力量镇压老百姓，让老百姓交租、纳粮。这些家伙把交不上粮食的老百姓都说成是"刁民"，为钦差大臣提供了一个"黑名单"，"黑名单"上写的全是抗租抗税人的名字。

刘伯温的爹爹知道了这件事情，很发愁，他想，这本名单被这个钦差大臣一带走，朝廷还不派兵来镇压呀！急得他爹爹吃不下饭，睡不着觉。

小伯温好奇地问父亲，发生了什么事情。父亲把实情告诉了儿子，并且说："乡亲们处在危险之中，我们不能见死不救呀！"

刘伯温想了想，突然笑了："爹爹，我有办法了！我们只需要这样做……保证让狗官空跑一趟！"

刘伯温的爹爹一听，拍手叫好："这主意真妙！"

几天后，钦差大臣带着那本"黑名单"经过刘伯温的家乡。刘伯温的父亲装成十分亲热的样子把钦差大臣请到家里，摆上酒席宴请他。这个狗官一见酒就乐坏了，他毫不客气地大吃大喝起来，喝得酩酊大醉。

刘伯温的父亲命令人把钦差大臣抬到了床上，狗官睡得跟死猪一般。

半夜，刘伯温和他的父亲招呼来几十个邻居，放火烧着了那个狗官睡觉的屋子。火势越烧越旺，刘伯温和一个邻居冲进火海，闯进屋子，刘伯温让那个邻居背起那钦差大臣就跑。刘伯温边跑边喊："大人，快醒醒呀！着火啦！着火啦！我们来救你！"

睡得像死猪一样的狗官突然惊醒，他着急地喊道："名册！那本名册还在屋里！快救！"

屋里的烟火太大了，钦差大臣手下的兵丁冲了几次，都没有冲进去，没多大工夫，"黑名单"就被烧成了灰烬，那狗官只好空着手返回京城。由于他没有拿到百姓造反的证据，只好对皇上说："皇上，文成县没有刁民！"

刘伯温一家虽然损失了几间房子，却救了一方百姓。不久，老百姓们知道了这件事，都说："伯温这孩子聪明勇敢，将来一定能做成大事！"

刘伯温预感到，人民迟早会起来反抗元朝官府的统治，天下一定会大乱，从此，他熟读兵书战策，学到了打天下的真本领。

刘伯温长大后，中国大地上果然爆发了反抗元朝统治的红巾军起义。刘件温知道，实现自己抱负的时候到了，他毅然参加了朱元璋的农民

起义军，他常为朱元璋出谋划策，为推翻元朝统治，提出过许多奇谋良策，在建立明朝政权的军事斗争中建立了丰功伟绩。老百姓把他视为诸葛亮式的智多星，中国民间流传着许多歌颂刘伯温的传说故事。

请小读者 回答

刘伯温怎样救了官府将要抓捕的百姓？

答案：

　　刘伯温趁钦差大臣喝醉酒沉睡时，放火烧掉了自家的房子，把"狗官"带的黑名单烧掉，使官府丧失了抓人的凭证，聪明的刘伯温用这个妙计救了官府将要抓捕的百姓。

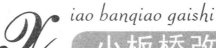

小板桥改诗

xiao banqiao gaishi

清朝的时候，扬州的书画界出了"扬州八怪"，这八个人的书画风格都非常怪异，不落俗套。"扬州八怪"是这八位书画家的绰号。而这八位书画家中，属郑燮的成就最大，他是"扬州八怪"的杰出代表。

郑燮，是江苏兴化县人，他小时候是在兴化度过的。兴化县城东门外有一座木板桥，他很喜欢这座木板桥，所以，他给自己起了个绰号——"板桥"，到了现在，郑板桥几乎成为人人皆知的名号，"郑燮"这个名字有些人倒不知道了。

郑板桥出身于书香门第，八九岁的时候，小板桥进了县里的私塾读书，他从小就很聪明，善于独立思考问题，从不随波逐流，私塾里的教书先生非常喜欢他。

在小板桥10岁那年三月的一天，小板桥跟着老师到郊外踏青。他俩沿着潺潺的小溪漫步，春风拂过他们

的脸颊，小溪两岸花繁树茂，风景特别优美。走了一会儿，两人都走累了，老师说："孩子，咱们坐在小桥边休息一会儿吧！"两人就坐在小桥边。

小板桥休息也待不住，他不住地往小河里打水漂。突然，他脸色变得苍白，惊讶地叫起来："老师，河里有具死尸！"

老师扭头一看，桥下面果然漂着一具女尸，那女子穿着红色的外衣，仰面朝天，散乱的头发随波漂动，粉红色的脸色还没有改变。看来，这位女子死去还没多久。

郑板桥和他的老师立即招呼人把落水女子的尸体打捞上来，并上报官府，请官府来断无名落水女尸案……

善良的老师非常怜惜这位年轻的女子，他含着泪随口吟了一首自己作的诗："二八女多娇，风吹落小桥。三魂随浪转，七魄泛波涛。"老师对于自己的诗很得意。

没想到，小板桥听了，竟然连一句赞扬的话都没说。老师问小板桥："孩子，你觉得为师的诗怎么样？"

小板桥竟然反问老师："先生认识这位女子吗？"

老师诚实地回答说："不认识。"

小板桥又问："那老师怎么知道这位女子正好二八一十六岁呢？"

老师用鼓励的目光望着小板桥："问得好，接着说。"

板桥大胆地说："老师不知道这位女子的身世，怎么知道她是'风吹落小桥'的呢？又怎么看得见她的三魂七魄呢？"

老师不得不承认小板桥提的问题很深刻，他认真地问道："孩子，依你看，这首诗应该怎么改呢？"

小板桥谦虚地说："学生怎么敢改老师的大作呢？"

老师诚恳地说："没关系，大胆地改，你一定能改得好！"

小板桥清了清嗓子说："老师一定让学生改，我就试试，不过，改得不好，还请老师指点。"说完了，郑板桥轻声地吟诵自己改的诗句："谁家女多娇，何故落小桥？青丝随浪转，粉面泛波涛。"

老师拍拍小板桥的肩膀说："孩子，你改得好啊！你用'谁家'代替'二八'；用'何故'代替'风吹'，贴切而又含蓄，我说的'三魂'、'七魄'是看不见摸不着的，你

用'青丝'、'粉面'"替换这两个词,妙!妙极啦!比我的诗好多啦,这叫做'青出于蓝而胜于蓝'啊!"

听了老师的鼓励,小板桥不好意思地说:"让老师见笑了!我不过是信口胡诌了两句罢了,哪里比得上老师的大作呀?"

正是由于郑板桥善于独立思考,从不肯随波逐流,日后他才能够成为独树一帜的大书画家,他的书法、绘画作品在中国美术史上都占有重要的地位。

请小读者 回答

"扬州八怪"说的是精怪吗?

答案:

　　"扬州八怪"说的并非精怪,而是清朝时扬州地区出现的八位有名的书画家,他们的书法、绘画作品风格怪异,当时人们称他们为"扬州八怪"。这八位书画家中,属郑燮的成就最大,他是"扬州八怪"的杰出代表。

Shangren zhitui qinbing

商人智退秦兵

　　中国自古以来就有一句名言："国家兴亡，匹夫有责。"这句话的意思是说，在关系到国家兴衰的大事情上，每个普通人都有不可推卸的责任。下面讲的就是一个古代商人运用智慧和巧妙的言辞说退了强大的敌军，挽救了自己国家的故事。

　　那是公元前626年，秦国的孟明视、西乞术、白乙丙三员大将率领着强大的秦军，乘坐着几百辆战车，向着弱小的郑国进发。

　　秦国的将军们想趁着郑国死了国君，新国君刚上台不久，光顾着料理丧事，顾不上守卫边疆，对郑国来个突然袭击。秦军主将孟明视认为这次灭掉郑国是十拿九稳的事情，原来，秦国假借帮助郑国防备晋国进攻，曾派杞子等三员战将率领一支军队"帮助"郑国守卫都城的北门。孟明视率领的大军出发之前，接到杞子的密报，说是郑国上下人心惶惶，防卫特别松，只要秦国派一支大军来，他们在郑国都城来个里应外合，一定能灭掉郑国。这次，秦军常常夜间行军，兵贵神速，他们想打郑国一个措手不及。

　　突然，有个探马来向孟明视报告："报告将军，前面有一个自称是郑国使者的人，赶着12头肥牛前来慰劳我们。"

　　孟明视大吃一惊，他望了一眼西乞术和白乙丙两位将军：

"啊？这是怎么回事？"

西乞术也很奇怪："就是呀，我们这次行动十分隐蔽，常常是白天休息，夜间行军，郑国怎么会知道呢？"

白乙丙说："也许是走漏了消息！"

正在这时，那个自称是郑国使臣的人赶着牛群来到三位将军面前。这个人穿着郑国官服，向着站在战车上的三位将军行了个礼说："我是郑国国君派来的使者，前来慰劳将军们！"

这位真的是郑国的使者吗？哪儿啊，他不过是郑国一个商人，名字叫弦高，他是个贩牛的。这一天，他买了一群牛，正向前赶路，碰上一位从秦国来的熟人。他好奇地问："秦国有什么新鲜事啊？"

那人说："秦国派了三员大将率大军要来攻打郑国，大军很快就要到这里了。"

弦高听了，大吃一惊，他说："我们的国君还在办理丧事，一定不知道秦军来攻打的事，情况紧急，国家兴亡，匹夫有责，烦请您赶紧到都城去，向国君报告，我想办法去稳住秦军！"

弦高见那人走后，就苦苦地思索对付秦兵的办法，他想来想去，想出了一条计策。他到街上买了一套官服，穿在身上，然后，在牛群中选了 12 头肥牛，迎着秦军走去……

弦高对孟明视说："我们的国君听说将军带兵来我国，选了 12 头牛，让我来向贵军表示一点心意。"

弦高的话把孟明视说懵了，孟明视想，我们出兵的意图被人家识破了，杞子他们也都败露了，看来郑国有了准备，这仗还怎么打呀？他假装笑着说："郑国新死了国君，我们怕晋国乘机来打贵国，特意带兵来支援贵国，并没有别的意思！"

弦高笑着说："郑国是个小国，不得不加强防卫，谁来进攻，我们一定会给他们迎头痛击，请将军放心！如果将军要驻扎在我国，我们准备好了房屋和粮草，如果只是路过，我们也要负责晚上的警卫！"

孟明视一听，倒吸一口凉气，他暗想，看来郑国什么都想到了。他和两位将军交换了一下眼色，然后假装亲密地说："告诉您吧，其实我们这次是来攻打滑国的，请回去转告你们

的国君，他的心意我们领了。"孟明视果然没敢攻打郑国，只是把滑国灭了回去交付差事。

郑国的国君听了弦高智退秦兵的事迹后，非常感动，他亲自接见了弦高。为了表彰弦高，国君任命弦高担任了军官。

请小读者 回答

为什么弦高化装成郑国官员前来"慰劳秦军"，秦军就退兵了呢？

答案：

弦高"慰劳秦军"是假，真实的目的是告诉秦国将军，我们郑国有了准备，是国君派我来"劳军"的，你们要打，我们奉陪。秦军以为郑国在军事上也做好了打仗的准备，只好退兵了。

Feijiangjun Liguang

"飞将军"李广

西汉时期，匈奴贵族常带兵进犯北部边疆，弄得老百姓不得安宁。西汉在抗击匈奴的斗争中，涌现出许多出色的将领，李广是这些将领中最杰出的一位。他善于骑烈马，精通马上骑射，身经百战，多次打败入侵边疆的匈奴部队。老百姓和士兵们都叫他"飞将军"李广。李广不光武艺高强，而且深通谋略，善于在战斗中运用谋略和智慧战胜凶悍的敌人。

一次，汉景帝派李广率领大军到陕西北部抗击匈奴。那时候，皇上对将军都不放心，汉景帝派了一位亲信的宦官来到军中当监军，其实是暗中监视李广。这个宦官仗着自己是皇上的亲信，什么都不听李广的，李广告诫他，不要冒进轻敌，这个宦官哪里肯听？一天，宦官带着几十个骑兵到草原上巡逻，遇到三个匈奴人。宦官认为这是显示自己才能的好机会，于是带着几十名骑兵去捉拿那三个匈奴人。这三个匈奴人不断向汉军射箭，宦官带的几十名骑兵几乎全都被射死了。这位宦官也受了箭伤，他这才知道这三个匈奴人很难对付，只好逃回大营向李广讲述了事情经过。

李广大怒，认为这太挫伤军威啦，这位宦官是皇上的亲信，又不好处罚他，他说："这三个匈奴人射箭这么准，一定是射雕手。"

他当即带着一百名骑兵，去追赶那三个匈奴人。

李广的骑兵小部队追了几十里，追上了那三个匈奴人。李广命令骑士们向左右排开队伍，不许放箭，他从腰间取下弓，搭上箭。骑士们的心都提到了嗓子眼儿，心想，离着敌人还有一百多步远呢？怎么射得着呢？李广拉开了宝雕弓，"嗖嗖"两箭，射杀了两名匈奴人。剩下的一名匈奴人慌了手脚，要跑，李广大吼一声："给我追！"骑士们"哗"的一声追了过去，抓住了他。李广大吼一声："你们是干什么的？"那人说："回禀将军，我们是射雕手！"

李广率领这支骑兵小部队刚要返回大营，远处突然出现了几千名匈奴的骑兵。李广手下的一百名骑兵全都慌了手脚，纷纷向李广建议："将军，敌众我寡！快快撤吧！"

"飞将军"李广摆了摆手说："别慌，我们只有一百多人，要是逃命，很快就得被敌人追上，这里离我们的大营少说也得有几十里，我们是逃不脱的！我们不撤兵，稳住阵脚，匈奴将领就会怀疑我们是引诱他们的疑兵，他们就不敢来攻击我们了！"李广不但不撤，反而让士兵们前进到离敌人只有二里地的一个小山包停下来。

匈奴将领果然中了计，认为汉军的这一百多人是来引诱他们上钩的疑兵，赶紧调动兵力进行防御，而不是准备进攻。

一个士兵对李广说："我们离敌人这么近，敌人要是杀过来怎么办？"

李广说："通过刚才敌人的部署，可以看出，他们已经相信我们是疑兵，他们是不敢出击的！现在，我们索性下马休息，把马鞍子也卸下来。"

士兵们惊讶得直吐舌头，心想，将军呀，我们头上可只有一个脑袋，你这一招儿可够悬的！可是，将军的命令又不能不听呀！他们只好下马休息。没想到，匈奴人真让李广说中了，半天也不敢前进一步。

匈奴部队一位骑白马的将军走出队列检查他的部队，李广从地上一跃而起，飞身上马，率领十几个骑兵，向那个匈奴将军冲去。李广悄悄地取出弓箭，只听"嗖"的一声，那个匈奴将军从马上栽下来。李广带着那十几个士兵回到山包下，卸下马鞍，继续躺下休息。

匈奴的主将

心中非常疑惑，他想，别来这套，想用这种办法引诱我去追杀你们，你们埋伏在山包后面的大部队一拥而起，把我军包围，我才不上这个当呢！他吼道："撤！给我快快地向后撤！"就这样，几千人的匈奴大部队悄悄地在李广他们面前撤走啦！

天亮以后，李广确信匈奴大军确实撤走了，他才带着弟兄们返回大营。战士们都发自内心地称赞李广："'飞将军'李广既足智多谋，又神勇无比呀！"

请小读者 回答

汉军小部队遇到几千人的敌军大部队，李广用什么计策让敌军退兵了呢？

答案：

李广让士兵下马休息，假扮疑兵，敌军怕中计上当中埋伏，立即退兵了，这支小部队化险为夷。

外国故事
WAIGUO GUSHI

Y anyi zhidou haidao
彦一智斗海盗

（日本民间故事）

聪明的彦一是村里的一个男孩儿。一天，村长带着村里的一群男子外出做工，彦一也跟着大家一起出外谋生。

大伙儿在外面干了一段时间，挣了一些钱，要返回家乡。当他们乘船从大海上回来时，有一条海盗船在跟踪他们的船。一个村民喊道："不好啦，海盗船来了！"

船上的人顿时惊慌失措，就连村长也没了主意，他发愁地说："这可怎么办呢？我们手无寸铁，一定会被他们洗劫一空的。这样，我们在外做工就白干了！"

只有彦一非常冷静，他对大家说："大家把钱都藏到我身上来，每人只留下一点儿零钱，大家快把我捆起来，用我的办法对付海盗……"

人们都知道彦一足智

多谋，所以，大家都把钱藏在了他身上。

不一会儿，海盗们登上了这艘船。海盗头儿吼道："快把钱都拿出来！"

村民们说："我们都是穷人，身上没有什么钱！"

海盗们哪里肯信，他们分头去搜村民的口袋。

就在这时，海盗头儿发现彦一被绑在桅杆上，在掉眼泪。海盗头儿问："这是怎么回事？"

村长说："这孩子一上船就想偷我们的钱，被我们抓住了，我们正要惩罚他。"

海盗头儿对彦一说："嗬！你比我们下手还早啊！是不是这么回事？"

彦一哭着说："我是个穷孩子，想弄点钱花，所以就下手了。谁知道他们也很穷，不但没偷到钱，反被他们抓住了。你们救救我吧！"

海盗们当然不会救他，却也没有搜"小偷"彦一的口袋。谁知，海盗们从其他人口袋里翻出的只有一点儿零钱。海盗们只好

自认倒霉，拿着搜到的那点儿零钱回到自己的船上，离开了。

彦一用智慧保住了大家的血汗钱，使村民们免除了一场劫难，大家都称赞彦一是个聪明的孩子。

请小读者 回答

彦一怎样保护了大家的钱财，没有遭到海盗的抢劫？

答案：

彦一让乡亲们把钱放到他的身上，让乡亲们把他捆起来。海盗上船后对乡亲们搜身，没有发现钱财。海盗们问彦一为什么被捆着，彦一"哭诉"说，他想在船上偷钱被抓住了。海盗们没有对他搜身。他机智地保护了大家的钱财。

布莱梅镇的音乐家

［德］格林兄弟

一匹毛驴不辞辛苦地为主人干活。他渐渐老了，主人总想杀掉他。毛驴听到风声，心想，我还不如逃到布莱梅去呢！到那里当个音乐家也能混日子。他连夜逃出了农夫的家。

半路上，他遇到一条打呵欠的狗。毛驴问狗怎么老打呵欠。

狗说："我老了，不能打猎了，主人要打死我！"

毛驴说："跟我到布莱梅去当音乐家吧，我弹琴，你打鼓。"狗同意了，跟着毛驴往前走。

他们遇到一只无精打采的猫。毛驴问："你为什么愁眉苦脸呀？"

猫说："我老了，捉不住老鼠了，主人要淹死我！"

毛驴对猫说："一起去布莱梅当音乐家吧，我们演奏《小夜曲》。"

猫说："太好了，我正愁没地方去呢！"

他们三个路过一个村庄，遇到一只公鸡凄惨地叫着。

毛驴问鸡："你的叫声怎么让人恐惧呀？"

公鸡说："唉，明天有客人来，主人要杀掉我待客。"

毛驴邀请公鸡跟他们一起到布莱梅当音乐家。公鸡同意了，

他们一起向布莱梅镇走去。

他们走呀走，夜幕降临，快要到达布莱梅镇了，不得不在林子里过夜。毛驴和狗躺在大树下，猫和公鸡爬到大树上。

公鸡向四面八方望了望，发现远处有灯光。

公鸡说："喂，不远的地方有房子，我们应该到那里去过夜。"

狗高兴地说："对，说不定那里还有肉骨头呢！"

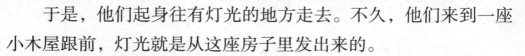

于是，他们起身往有灯光的地方走去。不久，他们来到一座小木屋跟前，灯光就是从这座房子里发出来的。

屋里传出来一个男子的声音："今天抢来的东西真不少！真痛快，快喝呀！"

毛驴最高大，他从窗户往里看。毛驴说："天哪，里面原来有四个强盗！桌子上有很多好吃的和饮料，强盗们在屋里大吃大喝，而我们却饿着肚子，真不公平！"

公鸡说："希望那些吃的能成为我们的……"

他们商量了一条计策。驴子用前脚扒着窗台，狗跳到驴背上，猫爬到狗背上，最后公鸡飞上去，站在猫头上。

站好后，他们开始"奏乐"——驴叫、狗吠、猫叫、公鸡打鸣儿："哇哇——汪汪——喵喵——喔喔喔——"然后一起冲进房间里！玻璃都被撞碎了！强盗们听到可怕的叫声，以为来了妖怪，吓得逃到大森林里去了。

四个伙伴坐到木桌前，尽情地大吃大喝。狗说："太香了！"

他们吃饱后，吹灭蜡烛各自睡觉。毛驴睡在柴堆上，狗躺在后门口，猫守着灶台，公鸡蹲在房梁上……

半夜，强盗首领见房间里的灯灭了，他派一个强盗回木屋子去侦察。侦察的强盗悄悄回到房间，见屋里黑漆漆的，到厨房去点灯。他把猫的眼睛当成燃烧的炭火，拿着火柴去点火。

猫跳到他脸上，又抓又挠，他跳起来，想从后门溜走。躺在那里的狗跳起来咬他的腿。他跑到柴堆旁，毛驴狠狠踢了他一脚。公鸡在房梁上打鸣儿："喔喔喔——"

侦察的强盗拼命跑回林子，

　　见到强盗头儿，向强盗头儿报告："不好啦！我……我遇见一个很凶的巫婆，她向我吹妖气，用长指甲抓我的脸，门口藏着一个人，拿着一把刀，一个黑怪物用大棒打我，屋顶的法官喊'给我捉坏蛋'！我只好跑了！"其他三个强盗吓得要命，他们再也不敢回到那座木屋去了。

　　从此，四个音乐家住在布莱梅镇的小木屋子里，每天吹拉弹唱，过着安宁的日子，他们再也不想往其他地方去了……

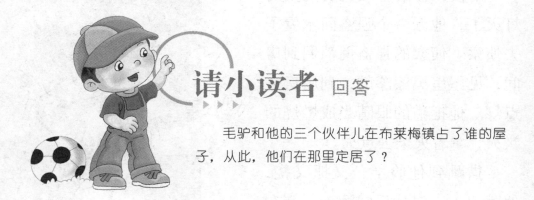

请小读者 回答

　　毛驴和他的三个伙伴儿在布莱梅镇占了谁的屋子，从此，他们在那里定居了？

答案：

　　毛驴和他的四个伙伴占据了强盗的屋子，从此，他们定居在这间屋子里，不再到别的地方去了。

*N*ongmin yu guowang

农民与国王

（波兰民间故事）

一位贫苦的农民与一家财主为邻，这个农民家里养着一头牛。

一天，农民家里的牛跑进了财主家种着苜蓿的地里，吃了财主家的苜蓿。这下，可把财主气坏了。他命令手下的庄丁把农民的牛捉来，然后把牛给杀死了。

农民来到财主家，与财主理论："您为什么杀死我的牛？"

"谁让你的牛钻到我的地里吃苜蓿的？"财主蛮横地说。

"它吃苜蓿，也不至于被杀死呀！"

"来人！把他给抓起来，抽 10 鞭子！"暴跳如雷的财主命令庄丁。

于是，庄丁把农民抓起来，拖到长条凳上，抽了他 10 鞭子。

垂头丧气的农民回到家，妻子问他发生了什么事情，农民把自己的遭遇告诉了妻子。

妻子说："你应该到国王那里去告状！"

农民说："太对了！可是我不会写状子呀！"

妻子告诉他一个办法，农民认为很好。

农民按照妻子说的主意，卸下来一块门板，把门板刨平。

他在门板上画上自家的小房子和财主的大房子，又画上自己

的牛钻到财主家的地里去吃苜蓿，还画上十条印儿，表示自己被抽打了十下。画完了，农民得意地说："哼！我用这门板当状子！"

农民背着门板上路了。

走到半路，草丛里冲出一位手握尖刀的蒙面歹徒。原来，这个歹徒是财主派来劫杀他的。歹徒大声喊道："站住！"

农民惊慌地喊道："哎呀！救命呀！"

危急时刻，从草丛里杀出一位猎人。猎人弯弓射箭射掉了歹徒的尖刀！

猎人大声喝道："不许行凶！"

歹徒丢下尖刀逃跑了。猎人问农民："你背着这么大的门板干什么去？"

农民说："我去向国王告状。"

猎人问："你的状纸呢？"

农民告诉猎人："这块门板就是我的状子。"

猎人仔细看了看门板上画的图案，却怎么也看不懂。

猎人好奇地问："门板上的图画的是什么意思？"

农民对猎人解释说："小房子是我的家，大房子里住着财主，我的牛钻到财主家的地里，吃了他家的苜蓿，财主杀死了我的牛，那十道表示他让庄丁抽了我十鞭子。"

猎人听了恍然大悟，笑着说："啊！这是很有趣的告状方式。您去吧！我想，国王一定会为您主持公道的。"

农民感激地说："谢谢您的祝福！"

农民背着门板来到王宫，国王的大臣和士兵拦住他。他向大臣说明是来告状的。

大臣惊奇地问："告状？你不带着状纸，背着门板来干什么？"

农民理直气壮地说："门板就是我的状子。"

大臣看了半天，却怎么也看不懂门板上的图案。大臣只好让士兵抬着门板，带着农民进了王宫。大臣见了国王，向国王报告了农民告状的事："陛下，这个农民背着门板来告状，臣却看不懂门板上的图案。"

国王说："让本王看看！"

士兵们抬上门板，让国王看。大臣没想到，国王竟然斥责他说："这有什么不懂的？小房子是他的家，大房子是财主的家，他的牛钻进了财主家的地里，吃了财主家的苜蓿，牛被财主杀死了，农民被财主的庄丁抽了十鞭子！这不是画得很清楚吗？"

大臣愣住了，就连农民也大吃一惊，农民连忙跪倒说："陛下简直神啦！小民要说的就是这个意思，陛下可要给小民做主呀！"

国王立即向士兵颁布圣旨说："来人，把财主抓起来严惩，并责令他赔农民的牛！"

农民感激地向国王说："多谢国王陛下！"

财主受到了应有的惩罚，农民这才敢问国王："陛下为什么对状纸上讲的事了如指掌呢？"

国王说："你在来的路上，是不是曾经遭到坏人的劫杀？你看看我是谁？"

农民抬起头来，仔细辨认后才发现，国王原来是他在半路上遇到的那个猎人。国王乔装成猎人微服私访后刚刚回到王宫。

农民连连向国王叩头说："大王实在英明！"

请小读者 回答

国王为什么对农民的冤情了如指掌？

答案：

农民去告状时，遭到地主指派歹徒的追杀，被微服私访、乔装成猎人的国王搭救，国王问起农民背的门板（告状的状子）上的画是什么意思，农民告诉了国王，国王事先知道了农民的冤情，所以在农民告状时，对案情了如指掌。

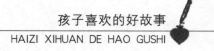

Jianding de xibing

坚定的锡兵

［丹麦］安徒生

从前，有 25 个锡做的士兵，他们是兄弟，因为他们是用同一个旧汤匙浇铸成的。每个锡兵的肩头都穿着直挺挺的士兵制服，都挎着一杆枪，他们待在同一个匣子里。

一个小男孩儿过生日的时候，有人把这盒锡兵送给了他。小男孩儿把锡兵们放在桌上，他这才发现，有一个锡兵只有一条腿，他是最后制作的，当时，没有足够的锡了。他虽然只有一条腿，与别的锡兵一样能站着。

小男孩儿的桌上，还有别的玩具，最引人注目的是一座用纸做的漂亮宫殿。宫殿大厅外有一些小树，围绕着一面小镜子，当做一个小湖。蜡制天鹅映在镜子上，好像在湖里游泳，在这一切玩具当中，有个最美丽的姑娘立在宫殿门前。

小姑娘是用纸做成的，穿着一件轻巧的纱衣，

用一条精美的蓝丝带披在肩上当做围巾。她两臂张开，一条腿高高跷起来，她是个小舞女。独腿锡兵想道："她应该当我的妻子，但是，她太高贵了，我应该试着与她成为朋友。"

到了夜晚，玩具们开始游戏，他们进行互访，相互打仗，开舞会，他们吵成一片，就连金丝雀也被吵醒，加入了游戏者的行列。只有独腿锡兵和跳舞的女孩没有动。跳舞的女孩用足尖站得很稳，独腿锡兵眼睛一会儿也没离开小舞女。

第二天早晨，孩子们起床后，那个男孩把独腿锡兵放到窗台上。一阵风吹来，窗子被刮开了，锡兵从三层楼上被掀了下去。他一条腿朝上，倒立在帽子上，枪尖刺在两块铺路石中间的缝里。女仆和小男孩跑到楼下找他，却没有找到。

天上下起了大雨，地面上形成了一条激流。大雨过后，两个小男孩从街上走过，其中一个男孩说："快看呀！这儿躺着一个锡兵，咱们让他乘船航行吧！"他俩用纸做了一条纸船，把锡兵放在纸船中。纸船顺着水沟航行，两个男孩儿沿着水沟走着，非常快乐。

沟里的水流越流越快，纸船在水中上下颠簸，有时还打着转儿，小锡兵吓得直发抖，但他还是一动不动地站着，十分坚定。忽然，纸船航行到一个盖着木板儿的阴沟下，阴沟里黑得像在盒子里一样。

锡兵想，我现在要到哪儿去呢？如果那个小舞女和我在一起，再暗一些也没有关系。忽然，一只大水老鼠从阴沟里爬出来，让

他掏出通行证。锡兵没理睬他，纸船向前冲去，大水老鼠对干草和碎木片喊道："拦住他！他没有留下买路钱！"

水流越来越急，已经可以看到阴沟的尽头了，还听到阵阵水流的吼声。锡兵越来越靠近尽头了，纸船冲过去了，可怜的锡兵挺直身子，眼睛连眨都没有眨一下！

纸船转了三四圈儿，水漫到纸船的边缘，纸船越来越软，它沉下去了！水漫过锡兵的脖子，没过他的头，他想起了美丽的小舞女，他想：我再也见不到她了！纸船完全沉没了，这时，一条大鱼把独腿锡兵吞下肚去！

不知过了多久，一道闪电似的亮光透进大鱼的肚子里，锡兵又出现在有亮光的地方。这时有人喊了一声："独腿锡兵！"原来，这条鱼被人捉住，拿到菜市场上卖掉了，做菜的女仆用菜刀把大鱼剖开了肚子！女仆用手指掐住锡兵的腰，把他拿到客厅里。那里的每个孩子都想看一看在鱼肚子里旅行过的人。可独腿锡兵一点也不觉得好玩儿。

锡兵突然觉得回到了自己曾经住过的房间，他看见了那一队锡兵，小舞女也在那里，她依然用一条腿站着。锡兵心中一阵狂

喜，他看着小舞女，小舞女也看着他。

不知为什么，小男孩儿拿起独腿锡兵来，竟然把他扔进壁炉里，炉里的火熊熊燃烧着，他立刻失去了好看的颜色，他觉得自己在熔化！他望着炉子外面，小舞女也望着他。突然，一阵风吹来，把小舞女吹起来，她像个仙女一样，飞起来，飞到锡兵面前，也被烧着了！

锡兵觉得自己烧成了一个团儿。第二天早晨，女仆来除炉灰。女仆发现，锡兵变成了一颗心的样子。

那个小舞女烧得只剩下一根别针。

女仆惊愕得说不出话来。

请小读者 回答

独腿锡兵在被窗子掀到外面后，是怎么又回到了小男孩儿的家里？

答案：

他乘坐一条纸船被雨水冲到阴沟的尽头，纸船沉后，他被一条大鱼吞下肚去，大鱼被人捉住后卖到菜市场，被小男孩儿家的女仆买回家，大鱼被剖开后，坚定的独腿锡兵又回到了小男孩儿的家里。